3
館西夕木
ill.ひげ猫
再会した
クソガキは
清純美少女JKに
成長していた
JN102827

美少女JKとプール

りゅうしゃく・まひる
龍石眞昼

新世代クソガキ
しもむら・たつき
下村龍姫
かわらさき・めい
河原崎芽衣
はるやま・みそら
春山未空
横

ありつき・ゆう
有月勇
はるやま・みや
春山未夜

10年ぶりに再会したクソガキは清純美少女ＪＫに成長していた 3

CONTENTS

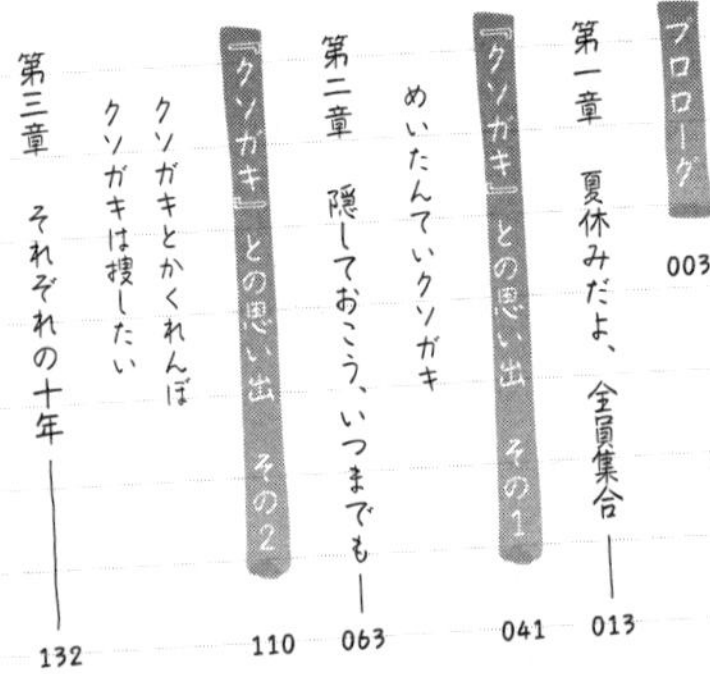

プロローグ 003

第一章 夏休みだよ、全員集合 013

『クソガキ』との思い出 その1 041

めいたんていクソガキ

第二章 隠しておこう、いつまでも 063

『クソガキ』との思い出 その2 110

クソガキとかくれんぼ

クソガキは捜したい

第三章 それぞれの十年 132

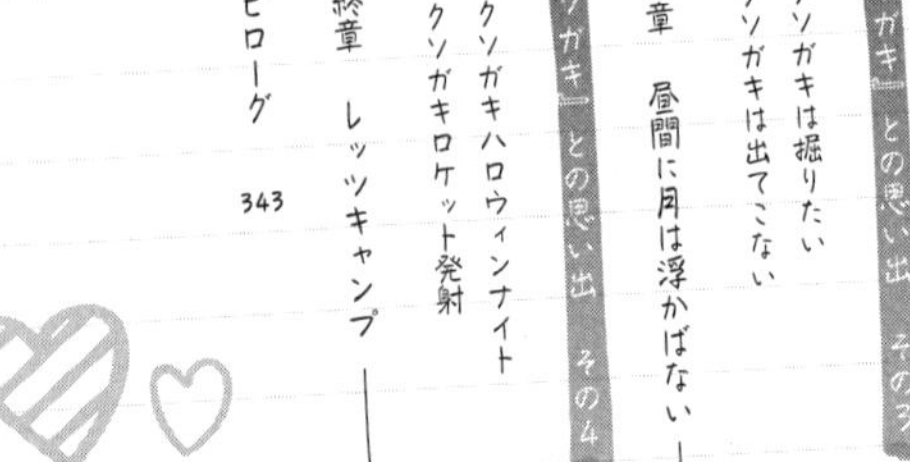

『クソガキ』との思い出 その3 186

クソガキは掘りたい

クソガキは出てこない

第四章 昼間に月は浮かばない 204

『クソガキ』との思い出 その4 260

クソガキハロウィンナイト

クソガキロケット発射

最終章 レッツキャンプ 283

エピローグ 343

kanzai yuki

ill.higeneko

KUSOGAKI who met again for the first time in 10 years has grown into an innocent beautiful girl JK

プロローグ

1

「先生さようなら、みなさん、さようなら」

「はい、さようなら。みんな、楽しい夏休みを送ってね」

「よっしゃあっ、夏休みだ」

「明日ヒロんち集合な」

「また二学期ね」

終業式を終え、小学校は夏休みに突入する。

待ちに待った夏休みだ。

「未空(みそら)、芽衣(めい)、帰ろう」

「うん」

「待ってぇ」

夏休み。それは子供たちが一年で一番楽しみにしているイベントだ。プールにお祭りに海にスイカにかき氷……

考えるだけでわくわくしてくる。

『夏休みの友』という敵もいるけれど、ま、夏休みの宿題のほとんどは七月中に片づけてやるから大した問題じゃない。おねぇは今日からテストが始まるらしく、朝から忙しそうにしていた。ふふふ、一足先に夏休みを楽しんでやるとするか。

「芽衣、それ全部持って帰れる？」

私は全身を荷物で固めた友達を見つめる。

右手にはクラス全員が一人一人育てているひょうたんの鉢、左手に握った横断バッグの中は体育館シューズやリコーダー、クーピーなど、雑多なものでパンパンだ。ランドセルには全教科の教科書とノートがぎっしり詰め込まれており、肩にかけた体操服入れの袋が歩くたびに揺れる。

なんでちょっとずつ持ち帰らなかったの、というツッコミを飲み込んだ。言って聞くような女じゃないということは、幼稚園の頃からの付き合いで分かっている。

黒髪のショートカットにカチューシャを合わせた小柄な芽衣は、ちょこちょことバランスを取りながら歩いている。

「未空も龍姫(たつき)も軽そうで羨ましいよぉ」

「私と未空は計画的に持ち帰ってたから」

龍姫が空っぽの横断バッグを掲げて見せる。長い黒髪をポニーテールにまとめ、よく日に焼けた健康的な肌が活発な彼女によく似合っている。

「そうそう――って、危ない」

階段から転げ落ちそうになった芽衣のランドセルを掴み、踊り場に引っ張り上げた。

全くこの天然娘は。

「うへぇ」

「うへぇ、じゃない。しょうがないからひょうたん持ってあげるよ」

私が鉢を取り上げる。けっこう重いな。

「じゃあ私は体操服袋持ってあげる」

「二人ともありがとう」

校舎を出ると、途端に強い日射しが照り付けてくる。

「あっつ」

「今日は三十度越えるってよ」

「龍姫、それマジ?」

「朝の天気予報でやってた」

「やだなー……あちっ」

ちょうど通りかかった鉄棒を触ってみると、すごく熱かった。太陽に熱されてしまったらしい。

「最近はずっと冷房つけっぱだよ。梅雨明けしてそんなに経ってないのに、暑すぎだよね」

「うちも。特におねぇが暑さに弱くて……」

おねぇは暑いのにも寒いのにも弱い。

「それよりさ、明日三人でプール行かない？」

「いいね」

「ふ、二人とも待ってよぉ」

芽衣が情けない声を上げる。

「おっそいよ芽衣」

龍姫が体操服袋をぶんぶん回す。

「だってー、暑いんだもん」

夏の暑さと荷物の重さで芽衣がいつも以上にとろい。私たちから五メートルは後ろにいる。まあでも分からないでもないな。夏って色んなイベントがあって楽しいけど、暑いのだけは勘弁してほしい。ちょっと外に出るだけで汗をかくのはなぁ。

さっそく首元に汗が伝う。

今日は帰ったら即行おねぇの秘蔵アイスを食べよう。そうしよう。冷凍庫の奥の冷凍チャーハンの後ろに隠してあることは分かってるんだから。

歩き慣れた通学路も、いつもと時間帯が違うせいか人通りが多く、車もたくさん走っている。まだお昼にすらなっていないけどお腹(なか)がすいたな。

はぁ、それにしても暑い。

「そういえばさぁ」と龍姫が横断バッグを掲げる。

「何？」

「どうでもいい話なんだけど、横断バッグって静岡にしかないらしいね」

「そうなのぉ？」と芽衣。

「うん、これ使ってるのって静岡県の小学生だけらしいよ。この前テレビでやってた」

「へぇ」

「……」

本当にどうでもいい話だった。

そうやってだらだら歩いていると後ろの方からクラクションが鳴った。驚いて振り向くと、白い車が私たちを追い越して止まる。

「あっ」

「あれ、未空のお父さんの車じゃない？」

龍姫が言う。

「いや」

たしかあれは……

車の横まで進むと、気の抜けたおっさんの顔がよく見えた。

「よっ、未空ちゃん」

相変わらず無害そうで平凡な男だ。

「おっさ……勇さんじゃゃん。何してんの？」

「ちょっと買い出しにね。そしたら偶然未空ちゃんを見つけてさ」

「あれ？　未空のお父さんじゃないじゃん」

龍姫が車の中を覗く。

「誰？　このおじさん。未空知ってるの？」

おっさ……勇さんは苦笑いをする。

「おじ……友達かい？」

「この人はねぇ、私もよく分かんないけど、おねぇの知り合いというか、友達というか、まあ、悪い人じゃないよ」

「へぇ、未夜さんの」

「それよりちょうどいいとこに来た。勇さん、乗っけてってよ。いい？」

「いいけど。それならそっちの二人も乗っていきなよ」

「サンキュー。二人とも遠慮せずに乗りなよ。これ、元はうちの車だし」

「ラッキー、ありがとうございます」

「あ、あ、ありがと、ございます」

地獄に仏とはこのことか。特に芽衣にとっては。私が助手席、芽衣と龍姫が後部座席に座る。

「〈ムーンナイトテラス〉の前まででいいよ。そこからは二人とも近いし歩いてくから」

「おう」

「おー、涼しい」

龍姫が言う。車内は冷房が効いていて、汗が一気に引いていく。

「こっちが下村龍姫でそっちが河原崎芽衣。このおっさん……お兄さんは有月勇さんで、〈ムーンナイトテラス〉の人だよ」

唯一全員と接点のある私が紹介をする。

「〈ムーンナイトテラス〉って喫茶店の？　私、昔ママと一緒にちょくちょく行ってましたよ。最近は行けてないけど」

龍姫がそう言うと、勇さんは顔をほころばせて、

「そう、ありがと。もうみんなは夏休み？」

「今日からです。さっき終業式をやり遂げました」

芽衣が答える。

「なるほど、だからそんなに大荷物なんだね」

「ははは」

「そういえばおっ……勇さん、朝華ちゃんに会いに行ったんだって？」

「そうそう神奈川まで……って、未空ちゃん、朝華のこと知ってるの？」

「知ってるけど。だって子供の時から遊んでもらってたし」

「今も子供じゃない？」

「うるさい。元気にしてた？」

「え、ああ、うん。元気だったよ。朝華も夏休みになったらこっちに帰ってくるってさ」

「ふーん」

やがて〈ムーンナイトテラス〉の前の駐車場に入る。

「ここまででいい？」

「うん、ありがと」

「ありがとうございます」

「ありがとうございますぅ」

車から降りると、再びうだるような熱気が私たちをくるむ。なるべく日陰を歩きながら、
私たちは帰り道を急いだ。

2

「ねぇ、ママ。明日、未空(みそら)と芽衣(めい)とプール行くね」

「ええ？　駄目よ、明日はテニスの日でしょ」

「え？　あ、そうか」

　そういえば明日はテニススクールの練習があるんだった。

「お昼からだから、それまでならいいけど」

「えー」

　午前中だけだと中途半端な時間しか遊べないからなぁ。

「じゃあ明後日(あさって)でいいか」

　ママの影響で始めたテニスは楽しいけど、日焼けしちゃうのが難点だ。特に夏は日射しが強くてめちゃくちゃ真っ黒になっちゃう。

「明後日ならいい？」

「いいよー」

　またあとで二人に連絡をしとかないと。

「あ、そうだ龍姫。明日からラジオ体操もあるからね」

「はーい」

ラジオ体操か、めんどくさぁ。

足元の猫を抱き上げ、私はリビングのソファーに腰かけた。

第一章　夏休みだよ、全員集合

1

「――というわけで、みなさん、夏季休暇に入りましても、緋百合淑女としての自覚を十分に持ち、常に周りの視線を意識し、品と格を損なうことのないように。羽目を外すことも人生には必要なことでしょう。しかし我が校の校訓である、『気高く、密やかに、強かに』を心の片隅に置いておくことを忘れないでください。それから――」

講堂で行われた終業式を終え、私――源道寺朝華は学友たちと連れ立って寮へ帰る。

「校長先生の挨拶、相変わらず長いよー」

「十五分は喋りっぱなしでしたものね」と私が受け答える。

「校訓のくだりでいい感じにまとまったのに、そこからさらに続くんだもんなぁ」

渡り廊下に差し込む日光が赤いセーラー服に照り付ける。

待ちに待った夏休みだ。荷物をまとめなくては。

「今日でようやく一学期も終わりかぁ。源道寺さんは実家に帰るんだっけ？」

「はい。今日のお昼前には発とうと思います。天竜寺さんもご実家に？」

「いんや、私はほら、外部受験だから、ここに残ってお勉強の毎日よ。まあ、お盆には帰ろうと思うけど」

「そう、大変ですね」

緋百合学園の内部進学率は全体の七十パーセントほどである。

「源道寺さん、最近なんだかうれしそうですね」

九条さんが言う。

「そうですか？」

「ええ、よっぽど夏休みが待ち遠しかったんですねぇ」

「まあ」

「その余裕に満ちた表情……まさか、彼氏でもできた？」と火村さん。

「……ふふ」

「え？　何その間。いやいや、嘘だよね？　ちょっとちょっと、抜け駆けはご法度だよ？」

「彼氏だなんてそんな……うふふ」

天竜寺さんが慌てふためく。

あの人は、彼氏、なんてちっぽけな言葉ではとうてい表すことができないほどの存在だ。言うならば、私の全てで、私の人生そのもの。それまで死んでいた私の心を生き返らせてくれた。

この数週間、早く勇にぃに会いたくてたまらなかった。湘南での時間を何度も何度も思い返し、噛みしめた。あの人は今何をしているだろう。あとほんの数時間で会える。

そのことを考えると、顔が自然とほころぶのだ。

「げ、源道寺さん？　私ら、緋百合淑女として純潔は守ろうって誓い合ったよね？」

「うふふ」

「私たちを差し置いて男なんか作らないよね？」

「うふふ」

2

終業式を終え、私は眞昼のクラスに向かった。ようやく夏休みだ。

「眞昼ー、もう帰れる？」

「未夜？　もうちょい待って。このあとバレー部の集まりがあるんだ」

「練習？」

「いや、夏休みの日程とかの打ち合わせみたいなもん。十分ぐらいで終わるから」

「じゃ、教室で待ってるよ」

眞昼たちは春高を目指すらしく、三年生の引退時期は二学期以降になるそうだ。お手洗いに寄り、自販機でジュースを買ってから教室に戻ると、まだ男子生徒たちが残っていた。

どうしよう。

男の子とはあんまり喋んないし、かといって何も言わずに教室に入るのもなんだか気まずい。しかも私が苦手とする陽キャグループだ。彼らが帰るまで別の場所に避難していよう、そう思って踵(きびす)を返しかけた瞬間、一人と目が合った。

「あっ、春山(はるやま)さんじゃん」

クラスの中心人物の荒木(あらき)だ。彼を筆頭に男子たちがぞろぞろとこっちにやってきた。

背筋を汗が伝う。

「ねぇ、春山さんも打ち上げ行かかね？」

「へ？」

なんの打ち上げだ。

全く、陽キャは事あるごとに打ち上げをやりたがる。一年の時、一度だけ体育祭の打ち上げに参加したことがあるが、ノリと騒々しい雰囲気についていけず、それ以降は参加しないようにしてきた。

「え？　えぇと……」

「このあとさ、カラオケ行くんだよ。どう？」

「ご、ごめんなさぃ、今日はちょっと……用事が」

クラスメイトの前で歌うなんてとんでもない。

「そうなの？　じゃ、空いてる日教えてよ。てか、まだ春山さんとライン交換してないよね」

「えと、その……」

ぐいぐい来る荒木からどう逃れようか思案していると、急に肩を引っ張られる。

「ひゃっ」

後頭部にぽよんとした感触が。

「遅いよ、未夜(みや)」

「ま、眞昼ぅ」

「り、龍石(りゅうしゃく)」

「おい、鉄壁聖女が二人揃(そろ)ったぞ」

「相変わらずでけぇ」

「挟まれてぇ」

「お、そうだ、龍石も一緒に――」

男子たちより背が高い眞昼は荒木を見下ろしながら、

「悪いね、用事あるからこの子ちょっと借りてくぜ」

「お、おう」

「ほれ、行くよ。未夜」

「うん」

眞昼に手を引っぱられる。

「早かったね」

「意外と早く終わったよ」

眞昼は日焼け止めクリームを歩きながら塗る。子供の頃は毎年こんがり日焼けしていたけれど、もう何年も日焼けした眞昼を見ていない。

「未夜も使う？」

「ありがと」

「ところで、朝華(あさか)も夏休みに入るんだってな。今日中に帰ってくるって言ってたけど」

「うん、今日のお昼過ぎに駅に着くみたい」

「じゃ、勇(ゆう)にぃも連れて迎えに行ってやろうぜ」

「そうだね」

そして午後一時。

富士宮駅の北口に私たちは集まった。

駅を出た人たちは地上のバスターミナルへと降りていく。おそらくあの団体は観光客なのだろう。数分ごとに人が駅から吐き出され、また吸い込まれていく。

日焼けした子供たち、ジャージ姿の学生に汗染みを作ったワイシャツ姿のサラリーマン。胴体よりも大きなリュックを背負った外国人は、そのアウトドアな雰囲気を見るにきっと登山客なのだろう。

みんな一様に活力に溢(あふ)れているように見えるのは夏だからだろうか。北を向けば富士の山が私たちを見守っている。

「あっちぃなぁ」

眞昼はポロシャツのボタンを全開にしてぱたぱたと風を送っている。さっきまで——学校にいる間はぴっちり閉じてたのに。

「ほれ」

「ひゃっ」

首元に冷たい刺激。驚いて振り向くと、勇にぃが缶ジュースを手に笑っていた。

「もう、びっくりするじゃん」

「悪い悪い、どれがいい？」

駅舎の中の自販機で飲み物を買ってきてくれたようだ。

「あたしコーラ」

眞昼が勇にぃのそばに寄る。

「だろうと思ったよ……ほれ」

「ありがとう」

ぷしゅっと爽快な音が鳴る。眞昼は本当にコーラが好きだなぁっ……ていうか、今、完全に谷間が見えちゃってたけど!?

あのおっぱい、無自覚なのかそれとも狙ってるのか……

「未夜はどれにする？　つっても、お茶か缶コーヒーしかないが」

「お茶ちょうだい、ん、ありがと」

喉を潤し、朝華を待つ。

「なんだか嬉しそうだね」

「いや、ようやくお前ら三人が集まると思ったら……なんだか落ち着かなくてな」

そう言って、勇にぃはうろうろし始めた。

「どっかの誰かさんと違って、あたしらはどこにも行かねぇのにな」

「ねー」

「う、うるせい」

「あはは」

私たちの関係が始まったのも七月だった。私が眞昼と朝華を連れて、勇にぃに引き合わせて、そうしていろんなことをした。空き家の探検をしたり、イ○ンに行って迷子になったり、プールに行ったり、夏祭りで花火を見たり……

あれが四人で過ごした最初で最後の夏。でも今からまた始まるんだ。私たちの夏が——

「おっ、朝華だ」

眞昼が言った。

駅舎の方に目をやると親友の姿が目に留まった。麦わら帽子に白いワンピース姿の朝華がこちらに駆けてくる。

「未夜ちゃん、眞昼ちゃん」

「朝華ぁ」

「おかえりぃ」

やっと四人が揃った。朝華はそのまま勇にぃの方へ進む。

そして——

「勇にぃっ」

「うお」

朝華はそのまま勇にぃに抱き着くと、背中に両手を回し首元に顔を埋めた。

「え？　え？」

な、何してるの、こんな往来で。再会を喜び合う抱擁——といった雰囲気ではない。これはまるで……

「ちょ、ちょっと、朝華？」

遅れて、二人の方から「ちゅっ」と音が鳴る。

は？

朝華の頭から麦わら帽子が落ち、長い黒髪がはらりと揺れる。

「お、おい、朝華……」と勇にぃ。

時間にしてほんの数秒だったけれど、その衝撃はとてつもなかった。

「えへ、しょっぱい」

朝華は勇にぃの首元から顔を離すと、ぺろりと唇を舐めた。勇にぃは首元を押さえたまま、顔を赤くしている。暑さのせいかそれとも今の朝華の……

いつもは大胆な眞昼もさすがに驚きを隠せない様子であっけにとられた表情をしている。

「みんな、お待たせ」

朝華は麦わら帽子を拾い上げると、普段と変わらぬ落ち着いた佇まいでそう言った。まるで何事もなかったかのように自然な声色と笑顔。しかし、その顔がほんのりと上気しているのを私は見逃さなかった。

「……お待たせ、じゃないわー」

「どうしたの、未夜ちゃん？」

「どうしたもこうしたもない！　い、いきなり、何、だ、だ……」

「だ？」

「こんな公衆の面前で抱き着くなんて、何考えてんの！」

「あぁ、そんなこと」

　朝華はあっさり言った。

「そんなことって……」

「未夜ちゃんも眞昼ちゃんも、小さい時は抱き着いたりしてたじゃない」

「そ、それは子供だからでしょーが！」

「そんなの関係ないよ。だって、私たちと勇にぃの仲だもん。これくらい別に変なことじゃないよ」

「だからって……」

「それに」と朝華は眞昼の方を見て、

「眞昼ちゃんだって、勇にぃと再会した時、テンション上がってそのまま抱き着いちゃったって言ってたよね」

「へ？　あー、まぁ、そうだけど」

「それと同じだよ。久しぶりに勇にぃに会えて、思わず抱き着いちゃっただけ。勇にぃが帰ってきてから、二人はずっと同じ街で暮らしてて、いつでも会える状況でしょう？」

「まあ、たしかにな」と眞昼。

　スキンシップの距離感に無頓着な眞昼は納得しかけている様子だった。

「私はたまにしか会えないんだし、そこもくんでくれると嬉しいな」

「うーん」

言われてみれば、そう……かも？　いやでも、いくら勇にぃと私たちの仲だからって、もう大人同士なんだし……

「それに、未夜ちゃんも同じような立場になったら、きっと同じことをするって」

「私はそんなことしな……あっ」

名前当てゲームで勇にぃが私の正体に気づいた時、感極まって抱き合ったことが急に思い起こされた。

「……」

だ、だけどあれはその場の雰囲気というか、流れみたいなのもあったし、ようやく気づいてくれたっていう嬉しさも背中を押してたし……

「どうしたの？　未夜ちゃん」

「いや、でも普通キスまではしないって」

「キス？」

「とぼけても無駄だよ。『ちゅっ』って音が聞こえたもん」

「あぁ、勢いあまって唇がくっついちゃっただけだって。別に口と口でしたわけじゃないんだし。大げさだよ」

「お、大げさって」

「それに未夜ちゃんがやってた名前当てゲームに比べたらこんなのたいしたことない、普通のことだよ」

「うぐっ……」

そ、それを引き合いに出されると……

「三か月近くも別人のふりをして勇にぃに接するなんて、それこそすごいことだって」

「たしかにな」

眞昼が同調する。

「あん時はあたしも苦労したよ」

「やめてぇ、私の黒歴史を蒸し返さないでぇ」

「ごめんごめん。そんなことより、お土産持ってきたからあとでみんなで食べよう」

朝華は足元の紙袋を掲げて見せる。

お土産？

「鎌倉の老舗和菓子店で買ってきたの。お茶請けにぴったりだよ」

「わーい」

＊

朝華に舐められた首筋が熱い。心臓が痛いほどバクバク鳴っている。

あの熱い感触……

俺の予想が正しければ、朝華は俺の首を舌で舐めて……

この炎天下、俺は少なくない汗をかいていた。もちろん、首筋にも……

なんだか開けてはいけない扉が開きかけたので、俺は父の裸を思い浮かべて昂ぶりを押し殺した。

「勇にぃ、行こうよ」

「お、おう」

未夜に呼ばれ、俺は階段を下りた。前を歩く三人についていく。

「朝華はいつまで休みなんだ？」

眞昼が聞く。

「九月の一日までだよ」

「ほー、けっこう長いじゃん。じゃあ八月いっぱいはこっちにいられる感じ？」

「うん」

朝華は歩きながら街並みを観察するように目を動かしていた。時折悲しそうな色が浮かぶのは、景色の変化を見つけたからだろうか。

「どうする？　このまま〈ムーンナイトテラス〉に行く？　それともどこかでご飯食べてく？　朝華はお昼食べた？」

未夜が俺たちを見回す。

「実はまだ。みんなは？」

「私たちも食べてないんだ」

「よし、じゃあ飯食ってくか。俺が奢ってやるぞ」

イ○ンのフードコートで昼食を摂ってから俺たちは〈ムーンナイトテラス〉へ帰った。

俺の部屋に未夜、眞昼、朝華がいる。

こうして四人でこの部屋に集まるのは高三以来か。今ではこいつらが高校三年生。時間の流れというのは本当に速いものだ。あんなに小さかったこいつらがなぁ。

「どうした？　勇にぃ」

眞昼が顔を覗き込む。

「なんか、感慨深ぇなって」

「？」

「ちょっと昔を思い出してな」

思い出が詰まったこの部屋。あのベッドに三人がよく寝転がっていたっけ。ゲームをしたり、テレビを見たり、時には昼寝をしたり、宿題を見てやったり……

いろんなことをして遊んだなぁ。

最初は一方的に部屋を占拠されて迷惑に思っていたが、いつの間にかこいつらと過ごす日常を楽しんでいる自分がいた。成長した三人に、クソガキ時代の姿が重なる。

悪戯（いたずら）大好きおてんば娘の未夜は、落ち着きのある文学少女に。

活発で男の子みたいだった眞昼は、大きく育ち、みんなを引っ張るしっかり者に。

甘えん坊で寂しがりだった朝華は……あんまり変わってないな。

「未夜、眞昼、朝華」

三人の顔を順に見る。

めちゃくちゃ今更だけど、改めてこれを言わなきゃな。

「ただいま」

「おかえりなさい」

「おかえりなさい」

「おかえりなさい」

3

夏になり、〈ムーンナイトテラス〉の客入りもそれに伴って増加傾向にあったが、本格的に夏休み期間に入るとそれがいっそう顕著になる。学生や子供連れ、県外からの観光客など、様々な客層が絶え間なく店を訪れるのだ。

しかしながら、今日はそんな事情を抜きにしても普段よりも客足が伸び、父も母も、そして俺もてんてこまいな一日だった。

「いらっしゃいませ」

「こちらのテーブルへどうぞ。三名様ですね」

店のキャパぎりぎりの状況が続く。

「はーい、少々お待ちください」

父と母はよく二人で切り盛りできてたなぁ。

「ありがとうございました」

今日も朝からくたくたになるまで働いた。繁盛するのはいいことだが、少し疲れてしまった。

ばたんとベッドにうつぶせになる。

人間というのは一度横になるとなかなか起き上がれなくなるものだ。ベッドには人を捕らえる魔術的な力があるに違いない。現に、ちょっと休もうと思っただけなのに俺はもう自力で立ち上がることすらできないぐらい脱力していた。

いかんいかん、もうすぐあいつらがやってくるというのに。

立て、立つんだ俺。

「う、ううむ」

駄目だ。まるで俺の足から見えない根が生え、ベッドに深く埋まってしまっているような感じだ。さらには睡魔も同時にやってきやがった。

なんだかブラックな世界に身を置いていた日々を思い出す。会社から帰って、飯も食わずにベッドに直行したあの地獄のような日々が……。

まずい、このままだと眠気とブラック企業の思い出が交じり合い、悪夢へと直行してしまう。その時、聞きなれた快活な声が耳に届いた。

「おーす、勇にぃ」

「おう、眞昼(まひる)か」

ジャージ姿の眞昼が部屋にやってきた。部活帰りのようで、エナメルバッグを肩にかけている。

「まだほかの二人は来てないの？」

「ん、朝華は昼間に店の方に来てたけど、用事があって一回家に戻った。未夜ももうちょいで来るだろ。だから眞昼が実質一番乗りだな」

今日は四人で夕食を食べに行く予定を立てていた。

眞昼はベッドの縁に座る。

「今日も暑かったねぇ」

「そうだな……って俺は店の中にいたからあんまりよく分からんが」

「灼熱(しゃくねつ)だよ、灼熱。ちょっと動くだけで汗びっしょりだもん」

「ん、そうか。この部屋暑かったら下で待ってていいぞ」

俺の部屋では未(いま)だに扇風機が主戦力として活躍している。

「大丈夫、風通し最悪の第二体育館よりましだから」

「あー、あそこ暑いよなぁ」

「勇にぃもあそこでやってたの？」

「たまになー。第一が使えなくて、バレー部が休みっていうピンポイントなタイミングだけど」

眞昼のおかげで気分が切り替わった。体の疲労は残ったままだが。

「なんかさ、勇にぃ元気なくない？」

「そうか？」

「夏バテ？」

「ちょっと疲れてるだけだよ。今日はいつも以上に忙しくてな。少しだけ休ませてくれ」

「……だからずっと寝そべってるんだ」

「うるせー」

「ふーん。ジュースでも飲む？　疲れた時は甘いものを摂るといいんだよ」

「いや、大丈夫」

甘ったるいもので今の俺の疲労が回復するとは思えない。そうだ、今日は肉にしよう。疲労を回復するには肉しかない。レバーだ。俺の体は今レバーを欲している。

ふと、足に圧迫感を感じた。

「ん、何やってんだ」

見ると、眞昼が体をこちらに向けて俺の足を揉んでいた。

「マッサージしてあげるよ。うわ、足パンパンじゃん」

「そりゃ、今日は休憩もなしでずっと立ちっぱなしだったから」

眞昼の細い指がふくらはぎからももへ移動する。

「どう？　気持ちいい？」

「ああ、気持ちいい」

カチカチに固まった疲労が溶けていくような心地だ。

五分ほどかけて両足のマッサージを終えた眞昼は俺の裏ももにまたがり今度は腰を指で押し始めた。ぐっ、ぐっ、と少しずつ上に移動しながら体重をかけていく。

「うおお、ぐぅ、うおおぅ」

「お客さん、凝ってますね～」

痛い、でも気持ちいい。

だ、だが、女子高生にこんなことをしてもらうのはなんだか半分犯罪のような気がしてならない。JKリフレなる、本物の女子高生が接客するいかがわしいお店がかつて存在していたようだが、あれはもう今は取り締まりの対象のようだし……

「うへぇ」

そんな理性が吹っ飛ぶほどの、とろけるような気持ちよさに俺は抗(あらが)えない。下半身に感じる眞昼の体重と体温。絶妙な力加減に、疲れが引いていく爽快感。

「んしょ、んしょ」

やがて眞昼の手は背筋、そして肩の辺りまで到達する。

「うわ、ガッチガチだよ。ちょっとここから先は痛いかも」

そう言って眞昼は一度立ち上がった。

「へ……痛いって？」

それから眞昼は再び腰辺りにまたがると、左手で俺の右肩を押さえ、もう片方の手で俺の右腕を持ち上げる。何をされるのだろうと考えていると——

「んがっ！」

鈍痛が俺の右肩付近を襲撃した。

「い、痛い、痛い」

は、剝がれる。何をされているのかこちらからは全く見えないが、背中が剝がれるような気がする！

「何やってんだ眞昼！　い、いてぇ！」

「我慢してって。暴れると余計痛いよ」

「ひぃ」

抵抗するも、力は眞昼の方が強く、俺はなすすべもなくその痛みを受け入れるほかなかった。

「じゃあ次は左ね」

「あがががが」

それまでの極楽のような気持ちよさとは正反対の地獄のような時間だったが、終わってみると意外にも肩が軽く、羽が生えたような心地だった。

「おお、おお！」

「どう？」

俺はベッドの上に立ち、体全体の軽さに驚愕していた。先ほどまで俺を縛り付けていた疲労は雲散霧消し、今なら誇張ではなく、なんでもできそうなほどであった。

「気持ちよかったよ、ありがとな、眞昼」

「へへ」

満面の笑みが返ってくる。

「じゃあ、次は俺がやってやるか」

「へ？　い、いや、あたしはいいよ」

「遠慮すんなって」

眞昼も部活で疲れているだろうに。それにそんな大きなものをぶらさげていたら肩が凝るに決まってる。

「ほれ、向こう向いて座れ」

半ば強引に眞昼をベッドの上に座らせる。

こう見えても俺は肩揉みに関してはその道の人間よりも優れたテクを持っていると自負している。上司や得意先の肩を揉まされ続けて十年、俺の手に染みついた揉みテクをとくと味わうがいい。

眞昼の細い肩に触れる。

「あ……ぁん」

「どうだ？」

重要なのは肩に合わせた力加減だ。

眞昼なんかは背が高いといっても女の子だし、あまり強くやらない方がいいと思いがちだが、バレーは肩を酷使するスポーツだ。本気でいかせてもらうぞ。

親指でぐっと押し上げ、残りの四本の指で押し返すようにほぐす。

「気持ちいいか？」

「ん、き、気持ちぃ」

「痛くないか？」

「ぃや……んん、いぃ」

眞昼の呼吸が荒くなってきた。ふふふ、俺の揉みテクに悶絶するがいい。

「はぁ、はぁ……あっ」

眞昼の声が室内に反響する。

「うぅ、ん……」

ここまで反応がいいとこっちもやりがいがあるな。なんだか楽しくなってきたぞ。

「おら、気持ちいいか！」

「あ、気持ちいぃ……あっ」

「ここか？　ここがいいのか？」

「いいっ」

「どこがいいんだ、言ってみろ！」

「そこ、そこが……ぁん」

その時だった。ドアが勢いよく開き、未夜の怒声が聞こえてきた。

「ふ、二人とも、何やってんのー……あれ？」

　未夜と朝華(あさか)が戸口に立っていた。俺が手を止めると、眞昼(まひる)は力が抜けたようにベッドに崩れる。

「あぅ」

「おめぇらようやく来たな。っていうか未夜、何叫んでんだよ」

「へ？　あ、いやなんか変な声が聞こえてきたから、変なことをしてるんじゃないかと」

　未夜は顔を赤らめ、うつむく。

「変なことってなんだよ」

「何をしていたんですか？」と朝華。

「肩揉んでやってただけだっての。な？」

「う、うん」と眞昼が小さな声を漏らす。

「それよりお前ら、今日は焼肉に行くぞ。俺は今無性に肉が食いたい気分なんだ」

「焼肉？　わーい」

　未夜が一瞬にして笑顔になる。その横を通り抜け、朝華がこちらにすり寄って囁(ささや)いた。

「勇(ゆう)にぃ、よければ私もあとで肩を揉んでもらえますか？」

「ん？　いいぞ」

「ありがとうございます」

朝華は嬉しそうに言って俺の手を取る。朝華も肩が凝ってるのか。まあ、朝華のも大きいからな。

「眞昼、早く立って、肉だよ肉」

「ちょ、待って、力が入らない……」

眞昼の手を引っ張り、未夜が強引に立たせる。

「焼肉ー！」

『クソガキ』との思い出……♥……その1

めいたんていクソガキ

1

コンビニからの帰り道。

「あっ、スプーン入ってねぇ」

俺はレジ袋の中を覗き込む。中にはカップのアイスが一つ入っているだけ。

「はっはっは、勇にぃは家まで我慢だね」

チョコアイスバーを舐めながら未夜が笑う。

「いや、カップのアイスを歩きながら食うアホはいねぇから」

「あたしたちみたいにそのまま手で持てるのにすればよかったのに」

眞昼がモナカアイスをかじる。

「うーむ」

どのみち家で食おうと思っていたので問題はないけれど、なんだか損した気分になるのはなぜだ？

「勇にぃ、一口食べますか？」

チョコミントアイスバーを朝華が差し出す。

「いいのか？」

「気をつけろ、勇にぃの一口は朝華の三口分はある」

眞昼が横から言う。

「そんなねーわ。あむ、美味(うま)い。よしよし、じゃあ朝華にもあとでこいつを一口やろう」

「わーい」

「え？　じゃあ私も一口あげる」

「あたしも」

クソガキたちからアイスを一口ずつ貰(もら)い——そもそもは俺が買ってやったものだが——、口の中がキーンとなる。

「そういえばさぁ、あれやりたいよねぇ」

未夜が残りのアイスを一気に食べて言った。

「あれ？」

「たんていだんをつくろう」

「探偵？」と眞昼。

「事件を推理して解決してやるんだよ」

「ほぉ、面白そうだな」

「うん、面白そう」

朝華も同意する。

やれやれ、今度は何に影響されたんだ？　コ〇ンの映画でも観たのか？

「おめーら、探偵団って何するんだ？」

未夜はにやりと口角を上げて、

「そんなの決まってるじゃん、殺人事件を解決するんだ」

「この街にすくう悪をあたしたちが逮捕してやるんだ」

「それは警察の仕事だな」

というか、殺人事件なんてそんなもん、そうそう起こってたまるか。とはいえ、探偵団という響きは推理小説好きの俺の胸をときめかせた。

やがて俺たちは〈ムーンナイトテラス〉に到着する。

「じゃあ、俺はアイスを家に置いてくるから、とりあえず未夜の部屋を探偵団の秘密基地にするか。ちょっと待ってろ」

「はーい」

「はーい」

「はい」

午前十一時十二分。俺は家に、クソガキたちはお隣の春山家にそれぞれ入った。

＊

午前十一時二十九分。春山家、未夜の部屋。

「真実はじっちゃんの名にかけて！」

「お前は完全にほーいされている！」

「探偵が諦めたら、そこで試合終了ですよ」

こ、こいつら、決め台詞の練習をしてやがる。まだ事件を解決してもないのに。

頭が痛い。

「よし、来たか助手」

「誰が助手だ」

「じゃあ美少女探偵団出動だ。行くぞー」

未夜が拳を振り上げる。

「おー」

「おー」

「まあ、探偵だけいてもしょうがねーから、とりあえず街をぶらついて事件を探そうぜ」

こうして見た目は子供、頭脳も子供のクソガキ探偵団は、街を散策しながら事件の匂いを手繰る。

「どこかで殺人事件が起きてないかなー」と眞昼が呟く。

「あっ、パトカーだ」

「事件か!?」

「ありゃただのパトロールだろ」

「殺人鬼が逃げてきたらあたしが倒してやるのにな」

「ねぇ、未夜ちゃん、よく考えたらやっぱり怖い……かも」

「大丈夫だって。こっちには勇にぃがいるし」

「でも勇にぃあたしより弱いからなー」

「いいか、お前ら。推理ってのは、暴力じゃなくてちゃんと論理的にやるもんだからな?」

「論理的?」

未夜が首をかしげる。

公園に差し掛かった。普段と変わらない、平穏な風景が広がっている。

「――例えば、ちょっと来てみろ」

俺は公園の地面に足で絵を描く。長方形の底辺に二つの丸をつける。

「いいか、これはバスだ。このバスが右か左か、どっちの方向に進むか分かるか？」

「分かるわけないじゃん」

　未夜がぷくっと顔を膨らませる。

「それが分かるんだな」

「答えはどっちですか？」と朝華。

「右だ」

「なんでですか？」

「バスってのは必ず乗り降り口がついてるだろ？　車は道路の左側を走るから、乗り降り口がある面が左側を向いていることになる」

「でもこれには書いてないぞ」

　眞昼が抗議する。

「だからこっち側に書いていないということは、乗り降り口は反対側にあるってことだ。よってこのバスの進行方向、つまり正面は右だから、右に進む、とこうなるわけだな」

「でも書いてないよ」

「分かったような分からないような」

「うーん、難しいです」

「公開されている情報を組み合わせて考えることで、未公開の情報を段階的に得たり、矛盾を突くことができる。これが推理の基本だ」

「うーん」

「うーん」

「うーん」

ロジックを積み重ねていくことこそが推理小説の醍醐味なのだが、クソガキどもにはまだ理解できないか。先行きは不安である。

その時、「おーい」と聞きなれた声がした。ジャージ姿の下村光が小走りで駆け寄ってくる。ランニングの最中のようで、首元にタオルを巻いていた。

「やっ、今日も仲良しだねぇ」

「なんだ下村か」

「何やってるの？」

「事件を探してるんだよ」

未夜が答える。

「うん？　事件？」

「光さん、何か事件はありませんか？」

朝華に聞かれ、光は分かりやすく困った顔を見せる。

「あたしたち美少女探偵団とその助手が事件を解決してやるぞ」

「ああ～、そういう趣向ね。はいはい。事件ねぇ。うちの猫ちゃんたちが夜になるとたまにいっせいに何もない場所を見つめてる……とか？」

「そ、そういう怖いのじゃなくて、殺人事件みたいのがいい」

「え？　眞昼ちゃん、そっちのが怖くない……？」

時刻はそろそろ十二時を回ろうとしていた。光と別れ、俺たちはふたたび街をうろついて事件を探す。しかしながらそう簡単に事件など起きるはずもなく、一時間ほどぶらぶらしたのち、俺たちは〈ムーンナイトテラス〉に戻った。

午後一時九分。カップを片手に、父がテラス席に出てきた。

「父さん、休憩か？」

「……ん、ああ」

「お邪魔しまーす」

「お邪魔します」

「はい、いらっしゃい」

コーヒーを飲みながら一息つく父を横目に、俺たちは店の中に入る。

「全然だったなー」

「平和なのはいいことだよ、未夜ちゃん」

「そういえば勇にぃ、あたしたちにアイスを一口食わせろ！」

「ああ、そうだったな」

二階のリビングに向かい、俺は冷凍庫を開ける。しかし——

「あれ？　アイスがねーぞ」

冷凍庫の中にアイスはなかった。

「ゆ、勇にぃ、あそこ」

朝華がテーブルの上を指さす。

午後一時十一分。空っぽになったアイスの容器が、俺たちの目に留まった。

「え……ちょ、ええ？」

「こら勇にぃ、私たちにも一口食べさせる約束だったじゃん」

「なんで一人で食ってんだ！」

「いや違う。俺じゃない……お、俺のアイス……」

「勇にぃのアイスが誰かに食べられていたって……え？　もしかしてこれって、事件じゃない？」

朝華がはっとした表情でそう言った。

「事件？」

その言葉に反応し、未夜が顔を上げる。

「勇にぃ、安心しろ。勇にぃのアイスを食べた犯人は私たちが見つけてあげる。よし、眞昼、朝華、美少女探偵団出動だ！」

「おー」

「おー」

2

「はんこー現場はこのリビング。被害者は勇にぃのバニラアイス」

末夜はいろんな角度から空の容器を観察する。

「末夜、虫眼鏡持ってきたぞ」

「サンキュー」

拡大したところで何かが変わるとは思えないが。

「私たちが外にいる間に誰かが食べちゃったってことだよね」

言いながら、朝華がメモを取る。

テーブルの上にあるのはアイスの蓋と空になったアイスの容器、そして〈ムーンナイトテラス〉のロゴが入った店オリジナルのスプーンだけ。

「うーむ、卑劣な犯行だ。蓋の裏まで綺麗に舐め取ってある。で、勇にぃ、こういう時って次に何やればいいの？」

「そうだな、凶器の出所を調べたり、いやその前にアリバイ調査かな」

「アリババ？」

「塩梅(あんばい)？」

「アリのおばあさんですか？」

「アリバイ調査だ。事件が起きた時、どこで何をしていたかってのを調べるんだ」

「ふーん、よし、じゃあまずは勇にぃ」

「俺もか？　俺は被害者なんだが……まあいい。そうだな、今日お前らとコンビニにアイスを買いに行ったのが、十一時ぐらい。帰ってきたのが十一時十分前後ぐらいか。その時は誰にも会わずにこのリビングに来て、冷凍庫にアイスをしまった」

「それはたしかかね？」

「たしかにしまった。で、十一時半ぐらいに未夜の家に行ってお前らと合流した。それからはずっとお前らと一緒にいたぞ」

　俺の証言を朝華が必死に書き写す。

「っていうかさ、普通に考えておじさんかおばさんのどっちかだよね」

　眞昼が言う。

「よし、じゃあその二人のアリババ調査もやろう」

俺たちは階下の店に向かった。

「あ、ああああアイスなんて知らないわよ。お父さんじゃないの？」

母はわざとらしくそう言うと、肘を抱いて斜め上を見つめた。

「ほー、ではおばさん、あなたは今日の十一時十分ごろから今まで何をしていましたか？」

未夜が虫眼鏡をマイク代わりに向ける。

「ええと、お店の仕事をしてたわ」

「二階には上がってないのか？」

眞昼が神妙な顔で聞く。

「えーっとたしか、十一時半ぐらいに十五分くらい休憩しに行ったわね」

「ちなみに」と朝華がスプーンを見せる。

「これがはんこーに使われた凶器なんですけど、これに見覚えは？」

「うちのスプーンね」

「なぜそれを知っている！　ついにボロを出したな」

未夜が叫ぶ。

「いやだってそれそこにあるものだし」

母はキッチンの棚を指さす。

「食器類は全部そこにしまってあるはずよ」

「ふむふむ。ではまとめると、おばさんは十一時半から十五分間、二階にいた、ということでいい？」

未夜の問いかけに、母はうんと頷（うなず）いた。

＊

「そうだね、おじさんは十二時頃に二階に休憩に行ったけど、お店が忙しくなって五分くらいで切り上げて戻ってきたんだよ」

テラス席で今度は父の事情聴取が始まる。

「一応、五分あればアイスを食べるのには十分だな」

眞昼が言うと朝華は頭を押さえて、

「でも急いで食べると頭がキーンって痛くなるよ？」

「そのあとは？」と未夜が続きを促す。

「ひと段落ついたのが一時過ぎで、テラスでコーヒーでも飲んで休憩しようと思って外に出たら、みんなが帰ってきたというわけさ」

「なるほど」

「お前ら、こういう時は別の人間のアリバイの裏取りもするもんだぞ」

「？」

「？」

「？」

「母さんの行動を父さんにも聞いて、嘘がないかを調べるんだ」

「なるほど」

朝華のメモを見直し、クソガキたちは父に確認を取る。

「そうだね、たしかにさやかは十一時半ぐらいに二階に上がって、下りてきたのは十五分ぐらい経ってからだったよ」

そのあと、母にも父の行動の裏取りをした。

「うんうん、お父さんは十二時くらいに二階に休憩しに行ったけど、すぐお客さんがいっぱいになっちゃって、私が階段の下で『あなたー』って叫んで呼び戻したわ」

お互いの証言に嘘はないことが判明した。

「うーん、よく分からんなぁ」

「どっちが嘘をついてるんだろうね」

「外から壁を登ってベランダに行けば二階に入れるんじゃないか？」

「なるほど」

眞昼と朝華が店のカウンター席でジュースを飲みながら推理をしていた。

「いやいや、ベランダは鍵をかけてあるから外からは入れねーよ」

なんちゅう型破りな推理だ。

「おいおい、お前ら、真剣に考えてくれよ？」

未夜は椅子に座らず、うろうろと店内を歩き回りながら、片手に持ったスプーンをじーっと見つめている。

「えっと――だから、そんで――二人は――」

時刻はそろそろ午後二時を回ろうとしている。

「はぁ、クソガキ探偵団でも解決できねーのか」

俺がそう言った瞬間、だった。

未夜は歩みを止め、俺たちを振り返る。

「分かった！」

未夜の表情に満足そうな光が灯る。

してやったり、という顔だ。

「そうか、そういうことだったのか」

一同の目が未夜に注がれる。

「未夜、分かったの？」

「だ、誰なの？　未夜ちゃん」

「ふっふっふ、落ち着きたまえ、ちみたち」

そして未夜は、スプーンをある人物に向けた。

「犯人はお前だ！」


【未夜からのちょうせんじょう】


えー、おほん。やあやあみなさん。

これでじけんかいけつのための手がかりはぜんぶあつまったわけだけど、まさかまだはん人がわからない人はいないよね？

だって小学校一年生のわたしがわかったんだもん。おとなならわかってとうぜんだよねー。いやーまさかあやつがはん人だったとは。

え？　ヒントがほしいの？

おとななのに？

はぁ、しょうがないなぁ。

えーっとね、ヒントは……えーと、そうそう。

スプーンだよ。

じゃ、がんばってねー。

3

「犯人はお前だ！」

　俺は自分に向けられたスプーンに視線をやった。電灯の光を反射して鈍く輝いている。

　場の空気が凍り付く。

「お、俺だと？」

「勇にぃが、犯人？」

　眞昼が信じられないものを見るように顔を強張らせた。

「未夜ちゃん、勇にぃが犯人なわけないよ」

　朝華が言う。

「いんや、もう私には全てお見通しなのだ。観念するがいい、真犯人め」

「な、なぜ俺だと？　証拠はあるのか証拠は」

　未夜はどやっと誇らしげに胸を張ると、手に持ったスプーンを振る。

「証拠はこれだよ。このスプーンこそが全ての謎を解くヒントなんだ」

「未夜、どういうこと？」

「眞昼、勇にぃが買ったアイスはなんだった？」

「ええと、バニラのカップアイス」

「それを食べるために必要なのは？」

「スプーン、でしょ？」

「そう、つまりそういうことなのさ」

「どういうこと？」

「どういうこと？」

眞昼と朝華が不思議そうに未夜の持つスプーンを見つめる。

「いいかい？　犯人はアイスを食べるためにお店のスプーンを使ったんだ。コンビニの店員さんがスプーンを入れ忘れたからね。アイスはあるけど、スプーンがない。だから、お店のスプーンを使った。ここまではいい？」

「うん」

「うん」

「でもそれだと、犯人は二階に行ってアイスを見つけて、スプーンがないことに気づいてから一階のキッチンに取りに行ったたってことになっちゃうよ？」

「それが何か変なのか？」

眞昼が首をかしげる。

「すごく変だよ。おじさんとおばさんのどっちかが、もし休憩の時に二階でアイスを見つけて、そこにスプーンがないってなったら、一階のキッチンまでスプーンを取りに来ないといけないでしょ？　でも、二人は一度ずつしか二階に上がってないって認め合ってたもん」

父と母は一度しか二階に上がっていないということは、先のアリバイ調査で判明した事実だ。

「そういえば……そうだな」

「休憩に行く時に、最初からスプーンを持ってたんじゃない？」

朝華がそう言うと、未夜はちっちっちっとスプーンを振って、

「それもおかしいよ。だって、勇にぃは家に帰った時、誰にも会ってないって言ってたから、勇にぃがアイスを買ったこともスプーンを貰い忘れたこともおじさんとおばさんは知らないはずでしょ？」

これも俺の証言から分かったことだ。

「ってことは……」

朝華が恐ろしいものを見るように俺の方を振り向いた。

「犯人はスプーンがないことをはじめから知っていたから、お店のスプーンを二階に持って行ったんだ。でもそれをおじさんとおばさんは知らないはず。アイスがあることを知らないのにスプーンだけ持ってくなんて変だもん。犯人は二階にアイスがあることを知っていて、しかもスプーンがないことも知っていた人。つまり、お前だ、勇にぃ！」

「くっ」

俺はその場に崩れ落ちる。

「ど、どうして勇にぃがこんなことを……」

「……イスを」

「椅子?」

「アイスを、独り占めしたかったんだ。お前らに一口やるのが惜しくなって、一人で全部食いたかったんだ……未夜の家に行く前に一人で一気に食ったんだ」

「悲しい事件でしたな」

未夜はくるりと振り向いて、カウンターに座った。

「うぉっほん。これにて事件は一件落着、ですな」

「ちくしょぉお」

「詳しい話は署の方で聞かせてもらおうか」

「ほら、立ってください」

眞昼と朝華に両手を引っ張られ、俺は店の外に連れ出された。

「ち、ちくしょぉおおおお」

こうして事件は幕を閉じ、俺はクソガキどもにアイスをもう一つずつ奢(おご)るはめになった。

*

やれやれ、即席で考えた割にはなかなかいい推理ゲームになった。あのままあいつらの好きにさせて事件を探しに街に繰り出されると、どんなやらかしをするか分からないからな。

コンビニから家に帰るまでに全体の流れを考え、父と母にも協力してもらって架空のアリバイを作ってそれを演じてもらった。

事件を探す口実であいつらを街に連れ出して時間を潰し、架空のアリバイが完成する一時過ぎに我が家に戻り、事件発覚という手筈だ。

一気にアイスを食って頭が痛くなったぜ。

父も母も一度しか二階に上がっていないことと、二階にスプーンはない、というところがミソのロジックだ。

父と母が店のスプーンを使ってアイスを食べるためには二階から一階に降りてキッチンからスプーンを調達しなくてはならない。しかし、それは一度しか二階に上がっていないという証言と矛盾するのだ。

細かいところで粗はあるが、お子様が頭を捻るには十分な難易度だろう。

いい頭の体操になったはずだ。

こうして事件を自分たちの手で解決させてやれば、あいつらも満足だろう。

それにしても未夜が一人でスプーンのロジックに気づいて自力で答えまでたどり着くとは思わなかったな。

いくつかヒントも用意しておいたが無駄になってしまった。母の大根役者ぶりには冷や冷やさせられたが。

「勇にぃ、早く行こう」

「分かってるよ」

クソガキ探偵団に連れられ、俺はコンビニへ向かった。

これを機にあいつらが推理小説に興味を持ってくれたら嬉しいが、そんな期待はするだけ無駄だろうな。なんせ、クソガキたちの興味はもう別のものに向いているのだから。

「ねぇねぇ、トレジャーハンターって知ってる?」

「未夜ちゃん、それってお宝探しする人のこと?」

「そうそう、昨日テレビで見たんだ」

「宝の地図のやつだろ？　あたしも見たぞ」

前を駆ける三人は、無邪気な笑顔を見せていた。

第二章　……隠しておこう、いつまでも……

1

斜面に張り出した展望テラス。

「……暑い」

強い日射しが肌を焼く。背後の山から下りてくる風に髪がなびいた。前方を見やれば、大きな富士の山とそのふもとに栄える私たちの街が一望できる。

テラスの端に立ち、私は手すりに体を預ける。

富士山は好きだ。

あの雄大な霊峰は子供の頃に見ていたものと全く変わらないから。ここから見下ろす街も同じ。遠くから眺めている分にはその変化は微細なもので、目には入らない。でも、実際に街に出てみると嫌でも目についてしまう。今回の帰省でまたいくつか街並みに喪失を見つけてしまった。

子供の頃の街並みと現在の街並みの変化はそのまま私の心をすり減らす。変わる前の場所はもう二度と訪れることはできない。日に日に変わっていく日常を目にしたくなくて、静岡を離れ、神奈川の学校を選択した。

でもそれは何の解決にもなっていなかった。

ただ問題を先延ばしにしただけで、帰省するたびに変わってしまったこの街を目にするのだから。

今までは思い出の風景が欠けていくことをただ悲しむだけで、解決策は何もなかったけれど、今はもう違う。欠けていった場所を埋めてくれる人がいる。

私の心がちょっとずつ欠けてぼろぼろになってしまっても、ぽっかりと穴が開いてしまっても、勇にぃがその部分を埋め合わせてくれる。

正直、思い出を失うこと、そして思い出が汚れることの恐怖は何も変わっていない。でも勇にぃと一緒なら、思い出と向き合うことができるかもしれない。

そして……今はまだ無理だけどいつかきっと、思い出を乗り越えて行ける気がする。

下の方からエンジン音が聞こえてきた。

「あっ……」

目を向けると、白い車が坂を上ってくるのが見えた。

「ふふ」

私は小走りで玄関に向かった。

＊

インターホンを鳴らす前にドアが開き、朝華が出迎えてくれた。

「おはようございます、勇にぃ」

「おはよう、朝華」

朝華は薄水色のワンピース姿だった。胸元が大きく開いており、白く深い谷間が覗ける。

「うっ……」

俺が目を逸らすと、朝華は見せつけるように前のめりになって、

「どうかしました？」

「い、いや、なんでもない」

今日は朝華に誘われ、久しぶり——十年ぶり——に源道寺家を訪れた。十年前は苦労して上った坂も、車ならあっという間である。未夜と眞昼も誘ったらしいのだが、あいにく二人は午前中に用事があるようで、午後から遊びに来るそうだ。

「暑いですね、どうぞ」

日射しと暑さから逃れるようにそそくさと中に入った。朝華に手を引かれ、彼女の部屋へ向かう。

「適当に座ってください。すぐに冷たいものを用意します。何が飲みたいですか？」

「じゃあ、麦茶を貰おうかな」

「はい、すぐに」

朝華が出ていくと、俺は部屋を見回して息をついた。

「……マジか」

一歩踏み入ってすぐにこの部屋の異様さに気づいた。

キングサイズのベッドに巨大なテレビ、カーテンの色や調度品の配置まで、まるで時が止まってしまったかのようにこの部屋は十年前のままだったのだ。

俺は十年前によく座っていたテーブルの席に腰を下ろす。

タイムスリップしたような気分だ。

あの扉から、七歳の朝華や未夜、眞昼が飛び出してきてもおかしくないような感覚に俺は支配されていた。よくあのベッドの上で飛び回って遊んだっけ。華吉さんと会ったのは、プロレスごっこをしていた時だったか。

台風の夜は朝華と眠くなるまであのテレビでゲームをして、同じベッドで眠った。よくあのベッドで昼寝をするクソガキたちを見守ったなぁ。

思い出の詰まった部屋は、当時の面影どころか当時のままの姿で俺を出迎えてくれた。

懐かしくも恐ろしい。

朝華にとって、この部屋こそ最後の砦なのだろう。

変わりゆく世界の中で、唯一変化を拒むことのできる場所。

朝華だけが自由にできる場所。

やがてドアが開いた。そこから現れたのは、当然ながら子供の朝華ではなく成長した朝華だった。

「お待たせしました」

「ありがとな」

テーブルの上に二人分のコップが並ぶ。朝華が横に腰を下ろし、寄り添ってきた。

「嬉しいです」

「何がだ？」

「この部屋にまた勇にぃがいるなんて」

「おおげさだな」

麦茶で喉を潤す。

「……そういえばさ、俺、別荘に服忘れてたよな？」

「服？」

「これ、借りてたやつ」

俺は紙袋に入った着替えを朝華に渡す。

「これ着たまま帰っちゃったからさ、元々着ていった服が別荘に残ってたと思うんだけど」

「……さぁ？」

朝華は不思議そうに首を傾げた。

「え？　なかった？」

「どうでしょう、気づきませんでした」

「そ、そう。ああ、いいんだ。別に安い服だし」

「今度探してみますね」

「ああ、頼む……あれ？」

何気なくまた部屋を見回していたら、ベッド横の棚で視線が止まった。あの頃のままだと思っていたが、あの一角だけ微妙に変化があったのだ。

というのも――

「朝華、写真立ては？」

あの場所には俺が朝華の誕生日に贈った写真立てが飾られていたはずだった。俺と木夜と眞昼と朝華の四人で写した写真を収めた写真立てが。

「あ、あれですか」

朝華はすっと立ち、戸口の横にあったキャリーケースを引っ張ってきた。

「みんなで撮った大事な写真だから、寮にも持っていって個室に飾ってるんです。いつもは持ち帰らないんですが、今回は帰省に合わせて持って帰ってきました」

朝華はキャリーケースの中から写真立てを取り出す。

「おお、懐かしいな」

ハートや星などの装飾が施された木製の写真立て。そして写真の中のクソガキたち。未夜も眞昼も朝華もみんないい笑顔だ。後ろに立つ俺も前髪がふさふさしていて若々しい。

あの頃の喧騒が蘇ってくるようで、少し涙腺が熱くなった。

「勇にぃ、実は一つお願いがあるんです」

「ん、なんだ？」

「私と写真を撮ってほしいんです」

「写真？　いいけど、なんでまた」

朝華は目を伏せて、

「一つの区切りにしたいんです」

そして、写真立てから四人の写真を抜く。

「おいおい、どうした？」

「ここに新しい写真を入れたいんです。過去を大事に振り返っても、過去に戻れるわけじゃない。頭の中では分かっていても、こうして目に入っちゃうと意識しちゃうから……」

だから新しい写真と入れ換えて、物理的に過去から目を背けようというわけか。なるほど、朝華なりに思い出と折り合いをつけて向き合っていこうとしているようだが……

「やっと勇にぃが東京から帰ってきてくれたのに、いつまでも手の届かない思い出にすがっているようじゃ――」

「朝華、だったらもっといい方法があるぞ」

「え？　勇にぃ、どこへ？」

「いいからいいから」

シビックを走らせ、俺と朝華はイ○ンに向かった。一階の雑貨ショップで目当てのものを探す。

「んー、これなんかいいんじゃないか？」

俺は写真立てを手に取った。ガラス造りのシンプルなデザインで、あの部屋の雰囲気を損なわない。

「写真立て、ですか？」

「新しく撮る写真はこっちに入れよう」

「……でも」

「思い出は上書きするんじゃなくて、横に並べて飾っておこうぜ」

「……！」

「全部が全部、朝華の大事な思い出で、それの積み重ねがあって今の朝華があるんだよ。

いつかまた思い出を振り返る時、距離をおいていたらきっと見るのが怖くなると思うんだ」

「それは、きっとそうですね」

「これから先、朝華が思い出と向き合う時にもし辛くなったら俺に言え。いつでも朝華の味方だから」

「……勇にぃ」

朝華は俺の腕に自分の腕を絡ませた。むにゅっとした柔らかなものが二の腕に押し付けられ、周囲の人が俺たちの方へ視線を向ける。

「お、おい、人前でひっつくなって」

「えへへ」

写真立てを買い、未夜と眞昼の家を回って迎えに行く。

「眞昼ちゃん、疲れた顔してる」

「練習は午前だけだったけど、とにかく暑くてさー」

「本当だよー。勇にぃ、冷房全開にして」

未夜がだらけた声を出す。

「そうだ、お前ら、今日は写真撮るぞ」

「写真？　なんでまた」

未夜が怪訝そうに言った。

「せっかく四人で過ごす久々の夏なんだ。記念に撮っておこうと思ってな」

「もう写真立てまで買ってあるよ」

助手席の朝華が先ほど購入したものを見せる。

「準備はやっ！」と眞昼。

源道寺家に到着するや否や、俺たちは展望テラスに出た。

このテラスに立つのも久しぶりだな。

さんさんと輝く太陽、周囲の林から聞こえてくる蟬の鳴き声、壮大な富士山にミニチュアになった街並み。ここから見る景色も、あの夏と同じだ。

お手伝いさんに頼んで写真を撮る。たしか石川さんといったか。この人に会うのも久しぶりだ。

テラスの奥に四人で固まる。

「はい、では皆さん笑ってください」

パシャリ、とシャッター音が響いた。

2

「あっちぃな」

車から降りた途端、猛烈な日射しが飛びかかってきた。地面に張り付いた影は色濃く、路上で陽炎がゆらめく。今日は特に暑くて、気温は優に三十度を超えていた。

駐車場はほとんど満車状態である。運がよかった。あと数分遅れていたら、少し離れた第二駐車場から歩くはめになっていたところだ。

フェンス越しに聞こえてくる楽しそうな声に水のはねる音が交じる。風に乗ってやってくる塩素の香りがこちらの心を刺激した。

今日俺たちが遊びに来たのは古き良き市民プールである。隣町にある大型レジャープールとの客の奪い合いは今年も苛烈を極めるだろうが、この街の住人としてはやはりこちらの方を応援したい。

「勇にぃ、早く早く」

未夜が手招きする。眞昼も朝華も、もう歩道の方まで進んでいた。すでにチケット売り場には長蛇の列ができていた。最後尾につく。

「なんだか昔を思い出すなぁ。朝華、浮き輪は持ったか？　もう俺は膨らませてやらんぞ」

「ふふ、もう泳げますよ。私は」

言って朝華は未夜の方をちらっと見る。

「私だって泳げるもん。十メートルは確実に」

「未夜ちゃん……それって流されてるだけじゃない？」

「う、うるさい」

「それにしてもあっついなぁ」

眞昼がTシャツの襟をパタパタさせて風を送る。たしかに今日の太陽は特に元気だ。日陰にいるのに汗が止まらない。

数分後、俺たちの番が回ってきた。

「回数券にしましょう、今日一回きりじゃ物足りませんから」

「そうだな、勇にぃ、そうしようぜ。夏はまだまだ長いんだしよ」

朝華と眞昼の提案で回数券を人数分買い、入場する。塩素の臭いが強くなる。ツンとくるけれど、不快ではない懐かしい匂いだ。

右手に更衣室があり、男女別に分かれている。正面をまっすぐ行くと消毒槽とシャワーのエリアでその先がプールだ。

「じゃ、またあとでな」

眞昼が手を振り、三人は女子更衣室に入っていった。

「う……」

着替えを済ませて更衣室から出ると、ちょうど三人も出てきたところだった。糞、揃いも揃ってでっかく育ちやがって。

未夜は水色の花柄のビキニにシースルーの白いパレオを巻いている。

眞昼の特大のアレを支えているのは黒いハイネックビキニで、今にもはちきれんばかりである。

朝華は白いハイネックビキニで谷間のところに縦のスリットが入っている。

「遅いよ、勇にぃ」

未夜が一歩こちらに歩み寄る。

「あ、ああ、悪い」

いつかボンキュッボンの女の子とプールに行きたい、とそんな願望を抱いていたが、まさかこいつらがこんなに育ってしまうとは。あの頃はつるぺたすとんのクソガキだったのに女の成長とはこうも恐ろしいものなのか。

通り過ぎる男たちの目線は三人に集中している。その凝視の仕方は実に露骨で咎められることを一切恐れないのか、それともそんな気を回す余裕はないのか。

三人を露骨に凝視する男たちの中には女の子連れの者もおり――おそらくカップル――、彼氏のそんな振る舞いに気を悪くした女の子は彼の耳を強めに引っ張って奥の方へ消えていった。

たしかに身内の俺から見ても、こいつらの水着姿は極上と言うほかなく、もし俺がほかの男の立場なら同じようにしていただろう。だが俺はただの保護者、そんな目で見るわけにはいかない。

「どうですか？　一昨日(おととい)、みんなで水着を買いに行ったんです」

朝華が手を絡めてくる。二の腕に伝わる悪魔的な圧力。そしてスリットから谷間が覗(のぞ)く。

「お、おい」

そして正面に目を向ければ、眞昼の圧倒的な胸部兵器が視界を埋める。

駄目だ。

兄貴分の俺が昔から面倒を見ているクソガキに欲情するなんて、倫理的にあってはならないし、それはこいつらの信頼を裏切ることになる。俺は父とたっちゃんと華吉(はなよし)さんが温泉に入っている光景を思い浮かべ、興奮を抑えつける。

「ちょっと朝華、また人前で子供みたいにべたべたして！」

未夜が注意するも、朝華は聞く耳を持たず、

「せっかくのプールなんだし、いいじゃない。それに勇にぃの左手、空いてるよ」

未夜と眞昼は一瞬顔を見合わせる。

「お前ら、いいからさっさと行くぞ」

さっきから周囲の男たちから殺意に近い視線を浴び続けていた。

消毒槽に腰まで浸かり、いよいよプールへ。

どこも人で賑わっており、夏の活気を肌で感じる。日射しを全身で浴びるのが気持ちいい。こうして夏にプールを訪れるのも、本当に高校生の頃以来だ。というより、泳ぐことすら十年ぶりかもしれない。

「勇にぃ、相変わらず真っ白だな」

眞昼が後ろから俺の肩に手を乗せる。

「今日はしっかり焼いてきなよ」

「眞昼も真っ白じゃねーか」

「あたしは屋内球児だからね。それに日焼け止めはばっちり塗ってるし」

記憶の中の眞昼は秋の初め頃まで日焼けしていたけれど、さすがに今は花も恥じらう女子高生、そういう点には気を使っているようだ。

「ねぇ、さっそくあれ行こうよ」

未夜が先導する。

「あれ？」

「あれですよ」

朝華が指さした先にあるのは、このプール最大のアトラクション、ウォータースライダーだった。大きなパイプ型のスライダーがうねりながら下のプールまで延びている。

「十年前は乗れなかったからな」と眞昼。

その言葉で、クソガキたちがウォータースライダーに乗りたがっていたことを思い出した。身長を測るボードの前に三人は並んで立つ。１２５センチ以上なければ滑ることはできない。——が、

「全員クリアだよ」

未夜が笑顔で言う。

そうそう、昔はここで弾(はじ)かれて滑り台の方のスライダーなら乗れるってなって……

クソガキたちとこのプールで遊んだ思い出が蘇(よみがえ)る。

「うぅ」

「なんで泣いてんだよ」

「だってよ、お前ら、あの頃はあんなに小(ち)っちゃくて……」

「今さらだろ、それ」

眞昼が俺の頭を撫(な)でる。

「ばかやろ、子ども扱いすんじゃねぇ」

「ほら、行きましょう、勇にぃ」

「待て、お前ら」

「何？」

「なんだよ？」

「なんですか？」

「準備体操、してからだ」

＊

「け、けっこう高いな」

最上部からプール全体を見下ろす。

人の密度が高く、プールサイドの端まで人が密集していた。流れるプールなどはもはや流れる人混みと化している。万が一この高さから落ちたら、と考えるとちょっと背筋が寒くなる。

「勇にぃ、私たちの番だよ」

「おう」

「で、最初は誰と滑る？」

「誰と？」

どうやら大型の浮き輪を借りれば二人一組で滑ることができるらしい。

「最初はって、お前ら全員と滑るのか？」

「だって昔は一緒に滑ったじゃん」

昔——こいつらが子供の頃に滑り台のスライダーをそれぞれペアになって滑ったが、あれは保護者と一緒じゃないと子供は危険だから、という安全性の問題であって……

「勇にぃと一緒に乗りたいんです」

そう朝華が言うと、未夜も眞昼も頷く。

「ああもう、分かったよ」

とはいえ目の前に佇むのは水着姿の美少女ＪＫ三人。大型といっても、大人同士なら密着しなければ乗れないサイズだ。

「で、まずは誰と滑る？」

「う……」

な、何を意識してるんだ俺は。別にこいつらと一緒に滑ることは変なことじゃないだろ。

「ぐ、グッパーで決めりゃあいいだろ」

そうして最初の組み合わせは俺と眞昼、未夜と朝華となった。

「勇にぃ、前に乗んなよ」

「おう」

「勇にぃ、さっき下見てビビってたでしょ？」

「は、はぁっ⁉　ビビッてねぇし」

「あたしがいるから大丈夫だよ」

後ろに座った眞昼(まひる)が俺の腰に手を回す。

「もうちょいもたれてもいいよ」

「お、おう」

背中を倒すと、肩の辺りに柔らかなものを感じた。眞昼は俺よりも背が高い。まるで全身を眞昼に包まれているような安心感を覚えた。

「それじゃあ行きまーす」

係員に浮き輪を押され、俺たちはパイプの中へ突入する。

「うおおおお」

「ひゃあああああ」

思っていたよりも勢いがあった。右に左にパイプの中を忙しく滑る俺たち。眞昼のやつ、大丈夫とか言ってたくせに俺より叫びまくってるじゃねーか。

やがて視界が開け、プールに着水する。

「いやぁ、初めて滑ったけど面白いね、これ」

「初めて？　眞昼はウォータースライダー初めてなのか？」

「あたしはっていうか――」

やがて未夜と朝華を乗せた浮き輪がパイプの中から飛び出す。

「きゃあああああ」

「けっこう、速いんですね」

未夜は涙目になっており、朝華も息を乱していた。

「あたしら、また勇にぃと一緒に来た時に乗ろうって約束してたからさ」

＊

次は未夜と滑ることになった。

「勇にぃ、ま、前に乗っていいよ」

心なしか未夜の足が震えている気がする。

「もしかして前が怖いのか？」

「そそそそ、そんなわけないじゃん」

強引に前に座らされる。まあ別にいいが。未夜は俺の背中にしがみつく。

「……それじゃ、行きまーす」

係員に押され、二度目の突入。

「うきゃあああああ」

耳元で未夜が叫ぶ。

「う、うるせぇぞお前」

「きゃあああああ」

たしかに怖いは怖いけれど、二回目ともなれば疾走感とスリルを楽しむ余裕が生まれてくる……はずだ。結局、未夜は最後まで絶叫していた。

「ぎゃあああああ」

「おい、大丈夫か？」

「……楽しかったぁ」

まあ、楽しみ方は人それぞれである。

三回目は朝華と一緒だ。

「勇にぃ、後ろから抱きしめてください」

「ほら、こうか？」

朝華の華奢な体を支える。細身のくせに出るとこはしっかり出ているのが目に毒だ。

「……ちっ、それじゃ、行きやーす」

心なしか強めに押されて舌打ちまでされた気がするが、気のせいだろう。

「きゃあ」

一つ目のコーナーで体勢が崩れた。

「あ、お、おい、朝華」

今の衝撃で腕の位置がずれ、俺の右の手のひらの中に柔らかな膨らみが飛び込んできた。

「朝華、朝華」

「きゃあああ」

朝華は気づいていないのか、二つ目のコーナーの前で俺の腕を抱きしめた。そうして、
俺の右手は巨大なお山によりいっそう沈み込む。

もはやウォータースライダーを楽しむ余裕など一切なかった。プールに飛び込む頃には、
俺の全ての感覚は右手に奪い取られていた。

「楽しかったですね」

「そ、そうだな」

右手のひらに残るふくよかな余韻。朝華の顔を直視できない。

「勇にぃ、ほら、上がりましょう」

朝華は気づかなかったのか、普段と変わらない様子だ。

「ああ」

プールサイドに上がり未夜たちを待つ。その数十秒後、未夜と眞昼のペアがパイプから
出てきた。その時だった。

「あれ？　春山(はるやま)さんじゃん」

「龍石もいるぞ」

反対側のプールサイドにいた男女の集団から声が上がった。

「こんなとこで会うなんて偶然だな」

「おーい、みんな、鉄壁聖女の二人がいるぞ」

そうしてそのグループは未夜たちに声をかけ始めた。見たところ学生のようで、おそらくは未夜と眞昼の同級生なのだろう。

こういうところで友達とかち合うとは、運がいいのか悪いのか。

「勇にぃ」

朝華が顔を寄せる。

「未夜ちゃんたち、学校のお友達と偶然会ったみたいですね」

「そうみたいだな」

「あっ、そうだ」

「なんだ?」

「気遣ってあげましょう。せっかくお友達と会ったんです。邪魔をしないように、私たちは少し向こうに行ってあげましょうか」

「うーむ、それもそうか」

せっかく友達と会ったのに、俺たちも一緒じゃ気まずいだろう。俺もよくそういう経験をしたから分かる。親と一緒にいる時に偶然学校の友達と鉢合わせた際の、絶妙な気恥ずかしさと気まずさが。

少ししたら迎えに行けばいいだろう。

「ふふ、じゃあ行きましょう」

朝華に手を引かれ、俺たちは人混みに紛れた。

3

「す、すげぇ、あの春山さんがビキニ着てるよ」

「鉄壁聖女の二人とこんなとこで会うなんてすごい偶然だぜ」

「眼福、眼福」

「俺、今日死んでもいい」

「ママぁ」

や、やっべぇ。

まさかこんなところで同じ学校のやつに出くわすとは。しかも最悪なことにプールかよ。

あたしは無意識のうちに胸を両手で隠していた。胸全体が隠れるハイネックビキニでよかった。

「ま、眞昼」

末夜があたしの後ろに隠れる。同級生にプライベートのビキニ姿を見られるのが恥ずかしいようだ。未夜は谷間がモロに見えてるからなぁ。あたしも嫌だけど、仕方ない。盾になってやるか。

「二人で来たの?」

「いや、友達……とね」

「へぇ、じゃあさ、せっかくだしちょっとだけ遊ぼうぜ」

そういう男子の視線は、あたしの目ではなく胸にくぎ付けになっていた。学校でもほとんど絡んだことのない男子と一緒に過ごす義理はない。適当に切り上げて勇にぃたちのところに戻ろう。

「ちょっとだけでいいからさ」

「いや……」

「あれ、まっひー」

「あ、香織(かおり)」

離れたところにいた男女のグループも合流してきた。その中には部活仲間――山宮(やまみや)香織の姿があった。

「あら、未夜じゃない」

「星奈ちゃん!?」

　どうやら未夜もそのグループの中に知り合いを見つけたようだ。

「あんた、なかなか攻めた水着ね」

「あんまり見ないでぇ」

　となると、この集団を雑にあしらうことはできないな。

「おい、野中、なんとかして春山さんを誘ってくれよ。仲いいんだろ？」

「はぁ……未夜、ちょっとだけ付き合ってくれない？」

「山宮も、頼むぜ」

「しょうがないなぁ、まっひー、ちょっとでいいから、お願い！」

　普段からあまり関わりのない人がほとんどだし、「無理」ときっぱり断ることもできる。けれど、そうやってあたしらが冷たく突っぱねたら香織や未夜の友人――野中星奈の立つ瀬がなくなるかもしれない。

　あたしと未夜がいなくなったあとであの二人が居心地の悪い思いをするのが想像できる。香織や野中の顔を立てて、ここは十分二十分程度付き合ってやるか。勇にぃたちにちょっと席を外すって伝えないと。

「……あれ？」

　振り返るも、勇にぃと朝華の姿はどこにもなかった。

「眞昼(まひる)、勇にぃと朝華がいないよ」

「……うん、いないな」

マジかよ。

＊

「えへへ、気持ちいいですね」

流れるプールに仰向(あおむ)けの体勢で流される朝華。胸がぷかぷかと水面に浮かんでいるのが目に毒だ。

ウォータースライダーから見下ろした時よりも人は減っており、パーソナルスペースを十分確保できた。とはいえ、流れるスピードは人それぞれなのでぶつからないように注意をしなくては。

浮き輪にお尻を預け、自由気ままにゆらゆらと流される者。小さな子供を肩に乗せる父親らしき者。たいして進みもせずに岸辺でイチャコラするカップル。

流れに乗ってすごいスピードで泳いでいく者もいれば、逆に流れに逆らって反対方向にもがく反逆者もいる。

様々な人波と共に、俺たちも流される。

「勇にぃ、あれやってみたいです」

朝華が前方の若いカップルを見て言った。見ると、男の方が女をおんぶしているではないか。

「いや朝華、あれはさすがに──」

「『したいように、していいよ』って言ったじゃないですか。言質はもう取ってあります」

「うぐっ……」

ったく、この甘えたがりは。

「分かったよ」

言うや否や、朝華は俺の背中に飛び込んできた。体重と共に柔らかな二つの圧が俺の背中にかかる。朝華の太ももを手で持って支えた。指が沈むような肌の柔らかさと、押し返してくる筋肉の弾力のバランスが両立している。水中にいるため、重さはあまり感じない。当たり前と言えば当たり前だが。

朝華は俺の胸筋を撫でながら、

「別荘でも思いましたが、勇にぃ、痩せましたね」

「うーん、十年で五、六キロ？　いやもっと減ったかな」

「そんなに……ご飯はちゃんと食べてましたか？」

「いや、家で飯食う時間を切り詰めれば、その分たくさん寝れるからな。はっはっは」

「あんまり笑えないです。勇にぃ、体は資本ですよ」

「分かってるって」

「もう一人の体じゃないんですから」

どういうことだ？

「……ところでさ朝華、乳首こちょこちょすんのやめてくんない？」

「あは」

＊

とりあえず、同級生グループとプールを回りながら、あたしたちは勇にぃたちを捜すことにする。朝華が一緒だし、勝手知ったる市民プールだから、そのうちばったり合流できるだろう。

ただ、朝華は久々に勇にぃに会えた嬉しさでテンションがおかしなことになってるからなぁ。過度なスキンシップで勇にぃが変な気を起こしたら大変だし、早めに見つけないと。

「龍石、はぐれるといけねぇ、俺に摑まってろよ」

差し出された浜本の手をスルーする。

「いや、子供じゃねーから」

　あたしたちは流れるプールに流されていた。一番人が集中するのはここだし、流れながらプールサイドを観察していれば勇にぃたちを発見できるかもしれない。

「未夜、そんなにしがみつかなくても底に足つくでしょ？」

「だ、だって、けっこう流れ速いし、溺れたら……」

「溺れるわけないでしょ、っていうか疲れるんだけど」

　未夜は野中の背中にしがみついていた。

「春山さん、よかったら俺がおぶってあげようか？」

「いや俺が」

「じゃあ俺が」

「はいはい、ほら、未夜こっちおいで」

「眞昼～」

　未夜をおぶさり、周囲に目を配る。

　お昼前になって、人が増えたような気がするな。ウォータースライダーは順番待ちの列が階段の下の方までできていた。先に滑っておいてよかった……じゃない。

　勇にぃ、朝華、と。

　勇にぃはともかく、朝華はアイドル級の美少女で纏っているオーラが違うから、人混みの中でもすぐにそれと分かるはずだけど……

「いねーな」

「何が……わわ」

誰かが横を泳いで通り過ぎ、その衝撃で大きく水しぶきが上がった。それをまともに顔面に食らったのか、未夜が暴れる。

「おい、未夜どこ触ってんだ……ぁん」

「息が、息が」

「み、水着がズレるだろうが」

＊

「……あっ！　勇にぃ、そろそろ上がりましょうか」

「もういいのか？」

「はい、ちょっと休憩しませんか？」

流れるプールから上がり、食堂へ向かう。

「そろそろお昼ですけど、食事は眞昼ちゃんと未夜ちゃんが来てからにしましょう。何か、軽いものでも……」

ホットスナックやアイス、かき氷など、軽食メニューも充実している。

「そうだな。おっ、かき氷なんかどうだ？」

「いいですね」

「かき氷二つ――」

「あっ、一つでいいですよ」

「え？　そう？」

「ご飯が食べられなくなると困りますから」

そうしてブルーハワイのかき氷を手にテーブルに座る。

「うぅ、頭がキーンってなります」

朝華と二人で一つのかき氷を掘削する。

一つの飲食物を二人で共有するなんてまるでカップルのようだ。半分ほど食べ終えると、朝華は舌を出して、

「べぇ、青くなってますか？」

「どれどれ……おお、ちょっと青くなってるぞ」

「勇にぃも見せてください」

「ほれ」

舌を出す――その瞬間、

「えい」

朝華は俺の口の中にかき氷をひとすくい放り込んできた。

「おご、こ、こほっ」

運悪くのどち〇こに命中し、俺は悶絶(もんぜつ)する。その姿を見て朝華はくすくすと笑う。

「こらっ、朝華！」

「うふふ」

＊

『――まもなく、休憩時間です。皆様、プールから、上がってください』

遊泳時間の終了を伝える放送が流れた。再びプールに入れるのは十分後だ。

係員に誘導され、次々とプールから人が出ていく。となれば、当然プールサイドの密度は一気に高くなる。上がってくる人の群れを観察してみたが二人はいない。

「春山さん、何か食べたいものある？」

「龍石(りゅうしゃく)、腹減ってないか？　ちょっと食堂行ってくるわ」

「へ？　じゃあ、焼きそ――」

あたしは未夜の口を塞ぐ。

「あー、大丈夫大丈夫って聞こえてねーな」

　こっちの返事も待たずに男子の集団は食堂へ向かっていった。できるだけほかの人と接触しないようにあたしは壁際に陣取ることにした。

「ま、眞昼、苦しい」

「悪い悪い」

　ちょうど未夜を壁ドンする形になってしまっていた。あたしの胸の位置に未夜の顔があり、口と鼻を塞いでしまっていたようだ。

「ぷはぁ、死ぬかと思った。それにしても、勇にぃも朝華もどこにいるんだろうね」

「本当になー」

「待ち合わせ場所、決めとけばよかった」

「本当になー」

「朝華、また勇にぃにベタベタしてるかも……二人でデート？　ずるい！」

「そんなんじゃないだろ。たぶん」

『現在、休憩時間となっております。係員の指示に従って、プールの外でお待ちください』

　近くのスピーカーから放送が聞こえた。

　待てよ？　あるアイデアが記憶の底から蘇ってきた。

「未夜、いいこと思いついたぞ」

「へ?」

＊

休憩が終わり、遊泳時間になった。

「もうぼちぼち眞昼たちと合流するか。腹も減ったし」

「勇にぃ、あっちあっち」

「ん?」

朝華は北側のプールに向かっていった。このプールの奥は壁の一部が屋根のように張り出し、そこから水が流れ落ちる——規模は小さいが滝のようなもの——場所がある。

そのせり出した屋根の下にも空間があり、入れるようになっている。朝華はそこに行きたいようだ。

「あー、ここか」

水をくぐって中へ入る。日陰になるため、少し薄暗い。

「よかった、誰もいませんね」

壁に背中を預ける。

水の音と子供たちの声が聞こえてくる。流れ落ちる水越しに見る外の景色はなんだか不鮮明で、みんなのいるプールと隔絶されたような気分だ。

朝華(あさか)は俺に寄り添って、

「落ち着きますね」

「そうだな」

「二人っきり、嬉しいです。四人でいるのも楽しいし、その時間も大切ですけど、二人だけで過ごす時間も私は欲しいです。それになんだか」

「なんだ？」

「逃避行みたいで楽しかったです」

「大げさだな」

「勇(ゆう)にぃ、もし私が世界から追われたら、私と一緒に逃げてくれますか？」

「いきなりなんだよ、話がぶっ飛びすぎだろ」

「いいから答えてください」

「安心しろよ、俺は何があってもお前らの味方だからな」

「……嬉しいです」

朝華は潤んだ目で俺を見上げる。その瞳の輝きは、見返していると吸い込まれてしまいそうだ。頬は朱色に染まり、息遣いが荒い。

華奢(きゃしゃ)な肩を抱くと、朝華はびくんと体を震わせた。スリット越しに見える谷間に、水滴が流れ落ちる。

「勇にぃ――」

朝華が目を閉じたその時、だった。

『迷子のお知らせをいたします。市内よりお越しの、有月勇くん、源道寺朝華ちゃん、保護者の方が捜しておられます。館内受付にて――』

「なっ――」

「まあ」

音割れした放送が終わると同時に、脳裏にあの悪夢が蘇る。

イ○ンで迷子になったくせに、俺の方を迷子として呼び出したあの忌まわしい事件の記憶が……

「あ、あ、あのクソガキども……」

俺はもう社会人だぞ。また知り合いが聞いていたらどうすんだ……

「ゆ、勇にぃ、行きましょうか」

「ああ、あいつら、とっちめてやる」

「……ほどほどに」

プールから上がると、もう太陽は頂点まで昇っていた。

4

「まっひー、昨日はごめんね」

香織がパンと両手を合わせて謝ってきた。昨日は、というのは市民プールでのことだろう。同じ学校のやつらとあんな場所で会うなんて想定外だった。

勇にぃと朝華は二人でどこかに行ってしまうし、男子どもをあしらいながらの未夜のお守りは大変だった。最終的に休憩時間を利用して男子たちの囲いから抜け出し、機転（？）を利かせて勇にぃたちと合流できたのでよしとする。

「別にいいって」

香織のせいじゃないし、誰が悪いという話ではないのだから。

「っていうか、あのグループって……そういうことなの？」

夏休みに男女でプールに行くなんて、恋愛目的ってことだよね。

「あっ、違う違う。クラスのみんなでプールに行こうってなっただけで、別に変な集まりじゃないからね」

そうは言うが、香織の顔は少し赤くなっていた。

「本当かなぁ」

「ほ、ほんとだって。今はバレーが恋人だから。あっ、監督来たよ」

「分かってる分かってる。ほら、練習始めるよ」

今日は午前中だけ部活の練習がある。風通しの悪い第二体育館に掛け声とボールの飛び交う音が響く。

「あっちぃ……ナイッサー！」

今日も今日とて灼熱だ。体育館内に熱がこもり、まるでサウナのようだ。跳んで転んで打って叫んでと、いつも通りの練習をこなしているだけなのだが、小一時間もしないうちに練習着は汗でびしょびしょになってしまった。

三時間ほどの練習を終える頃にはみんなへとへとのびしょびしょで、シャワー室には長蛇の列ができる。

「このあとどうする？」

「マ〇クでも行く？」

「あ、うち予定あるから」

「あー、なっつん彼氏できたんだってねぇ」

「えー、マジ？」

「へへ、夏休み入る前に告られてさぁ」

一年たちがコイバナに夢中でなかなか体育館から出ていかない。

「ほらほら、だべってないでさっさとシャワー行く」

「「「はーい」」」

「うへぇ、もうべとべとだよ。まっひー、私らも行こうよ」

香織が言う。

「あたしは打ち合わせと片づけあるから、最後でいいよ」

「そう？　じゃあ先に行くね」

監督と夏の合宿や練習日程の打ち合わせをしてからシャワー室へ向かう。その途中、

「香織？」

体育館の横で香織と制服姿の男子が立ち話をしていた。名前が思い出せないが、たしか昨日のプールの時にもいたやつだ。

どちらも気恥ずかしそうに顔を赤らめている。男子の方がぎこちない手つきで香織の手を取る。香織は一瞬びっくりしたように顔を硬直させたが、すぐにほころび、そのまま二人はどこかへ行ってしまった。

「……マジか」

やっぱりそういうことじゃねーか。

一年の頃から彼氏も作らずにバレー一筋だった香織がなぁ。あんなデレデレしちゃって。

「恋かー」

香織のやつ、嬉しそうな顔してたな。もう付き合ってるんだろうか。どっちにしろ、あの様子だと両想いなのだろう。そりゃ嬉しいはずだ。自分が好きな男が、自分のことも好きなんだから。

人気のいなくなったシャワールームに入り、着替えを籠に入れる。服と下着を脱いで巾着袋に入れた。最後にリストバンドを外し、裏に縫い付けたハートを見つめる。

自分で縫い付けた、ハートのワッペン。

「恋……か」

ま、あたしには無縁の話だ。ぬるめのシャワーを頭から浴びる。

正午の時報が遠くから聞こえてきた。

＊

「こんちはー」

「おう眞昼」

帰りに〈ムーンナイトテラス〉に寄った。勇にぃがじっと私の目を見つめてくる。いつものぼけっとした優しい目だ。

「飯食ったか？」

「いやまだ。もうぺこぺこだよ」

「よしよし、じゃあなんか食ってけ。売り上げに貢献しろ」

「えっと、カルボナーラにサラダ、あとピザトースト二枚にコーラフロート」

「相変わらずよく食うな」

「部活帰りだからね」

　本当はもう少し入るけど、今日はそんな気分じゃない。

　勇にぃがおじさんのところにオーダーを持っていく。その後ろ姿を眺めていると、なんだか安心する。

　からんころんとドアベルが鳴る。入口に目をやると、未夜と朝華が連れ立って入って来た。

「あ、眞昼」

「眞昼ちゃん、ちょうどいいタイミングだね」

　二人はショッピング帰りのようで、紙袋を手に持っていた。未夜が向かいに、朝華があたしの横に腰を下ろす。

「いらっしゃーい。暑かったでしょ」

　おばさんが水とあたしのコーラフロートを運んでくる。そして未夜と朝華の注文を持ち帰っていった。

「眞昼ちゃん、料理はもうちょっと待っててね」

おばさんは申し訳なさそうに言った。

「はーい」

お昼時だけあって、けっこう忙しそうだ。

「で、何買ったの?」

「これ? 推理小説だよ。朝華が推理小説デビューしたいって言うから、いろいろ教えてあげたの」

「へぇ」

「眞昼も読む?」

「いや、あたしはいいよ。読書とか苦手だし」

前に一度だけ推理小説を未夜に借りたことがあるが、あまり楽しめなかった。というより、読書全般が苦手なだけなのかもしれない。活字がびっしり並んでいるのを見ると、めまいがするのだ。

「まあ人を選ぶからねー」

「眞昼ちゃん、部活帰り?」

「うん、もう終わったよ。午後はフリー」

「じゃあ、ご飯食べたらみんなで上に行こうよ。勇にぃ、いいですよね？」

「あー、いいぞー」

「そういえばさ、また近いうちにプール行きたいよねぇ」

　未夜が言う。

「だな、昨日は消化不良に終わっちまったもんな」

「そうだ、朝華！　昨日は二人で何してたの！」

「未夜ちゃん、今さら？」

「今思い出したの」

「なんでもないよ、二人がお友達に連れていかれちゃったから、仕方なくこっちも二人でぶらぶらしてただけですよね、勇にぃ」

「あ、ああ、まぁな」

「本当？」

　未夜が勇にぃをじっと見据える。

「ベタベタしてなかった？」

「……いや、その」

「してたの!?」

　朝華は息をついて、

「プールだもん。自然と距離は近くなるって。ウォータースライダーの時もそうだったでしょ？　ただ普通に勇にぃとプールで遊んでただけ」

「うーん、そういうもの、かな？　でも二人っきりなんて怪しいな」

「いい、未夜（みや）ちゃん、そもそも私と勇にぃが二人っきりになったのは、未夜ちゃんと眞昼ちゃんがお友達に偶然会ったからでしょう？」

「それはそう……だけど」

「それより未夜ちゃん、どれも面白そうだけど、どの本から読めばいいの？」

「あ、えっとねぇ、初心者はまずはこの『占星術殺人事件』から――」

＊

今日は夜遅くまで、勇にぃの部屋でゲーム大会をした。

今のままでいい。

こうやって四人で過ごす日常の方が大事だもん。

勇にぃの上京によって一度は欠けてしまった日常。

あの頃と同じ、楽しい四人の時間が十年ぶりに帰ってきた。

未夜、朝華、勇にぃ、そしてあたし。

ずっと四人でいられたら、それでいいんだ。
ずっと、ずっと……
今の関係が再び欠けてしまわないように。
壊れてしまわないように。
だから自分の気持ちは隠しておこう、いつまでも。

クソガキとかくれんぼ

1

夕方の公園は大勢の子供たちで賑わっていた。

西の空がオレンジ色に染まり出し、肌に触れる空気がひんやりとし始める。公園で遊ぶ子供の年齢は幅広く、上は小学校高学年から下は幼児まで、様々な世代が入り混じって遊んでいた。

アスレチック遊具で飛び回る者、砂場で独創的な作品を作る者、携帯ゲーム機を持ち寄って対戦している者、端の方でキャッチボールをする者、カードが汚れるのも顧みず、地べたでカードゲームをしている者などなど、子供の数だけ遊びの幅がある。

周囲には保護者がたむろし、我が子を見守りながら雑談をしている。公園の前の道路は買い物に向かう車でちょっとした渋滞が起き、時折歩道を緑の蛍光ジャケットを着た地域パトロールのおっさんが横切った。

　昔から変わらない、夕方の風景だ。

「「鬼さん鬼さん、何色ですか？」」

　鬼である眞昼が高らかに宣言する。

「赤」

　俺たちは赤いものを探して公園を駆け回る。朝華は消防車を模した遊具にタッチする。ほかに赤いもの、赤いもの……そうだ。

　たしか公園の入口にポストがあったな。そう思い立って入口の方へ向かうと、すでに未夜がポストを触っていた。

「無駄だ。これはもう私のものだ」

「糞」

　振り返ると、目の前には眞昼の勝ち誇った顔があった。

「あっ」

　じりじりとこちらに近づく眞昼。俺は彼女の赤いTシャツをつまんで、

「あ、赤……なんちゃって」

「だめだー！」

「ですよね」

　眞昼は俺のお腹に飛びつく。

「はい勇にぃ捕まえた」

「くっ」

「また勇にぃが鬼？」

未夜が呆れたように言った。

「色鬼のセンスがないんだ、勇にぃは」

なんだ色鬼のセンスって。

「次は勇にぃが鬼ですか？」

朝華が合流し、俺の手を握る。

「なんか色鬼も飽きてきた。二回に一回は勇にぃが捕まるんだもん」

未夜が鉄棒に寄りかかりながら言う。

「次は何する？」

眞昼は俺を見上げる。

「帰るにはちょっと早いよね」

朝華が時計台を見る。四時半になるところだ。

秋の日は釣瓶落としというように、この時期は五時を過ぎる頃合いから一気に暗くなる。

もう少しだけ遊んで、あまり遅くならないうちに帰してやらねば。

「普通の鬼ごっこでもするか？」

俺が聞くと、未夜は小難しそうに首をひねって、

「走り回るのはもう飽きたからー、かくれんぼでもしよう」

「かくれんぼか、いいな」

「賛成」

眞昼と朝華も同意した。

かくれんぼと聞いて俺は心の中でほくそ笑んだ。

……馬鹿め。かくれんぼは俺の最も得意とする遊びだ。色鬼などというマイナーな遊びでさんざん馬鹿にしてくれたな？　大人の本気を思い知らせてやるぞ、クソガキめ。

2

「二十七、二十八――」

かくれんぼ。

日本の伝統的な遊びの一つで、その名の通り隠れることを主体とした遊びだ。鬼が近くまで迫ってきた時の臨場感や気づかれずにやり過ごした時のドキドキは、ほかの遊びでは決して味わえないだろう。そういったスリルこそが醍醐味の遊びである。

鬼に見つからないように参加者は頭をひねって隠れる場所を吟味するのだが、見つかる

か見つからないかは運も大きく関わってくることは否めない。

そんな中で、俺はこのかくれんぼの必勝法を編み出した。隠れる側限定だが、未だかつてこの必勝法を破った者は存在しない。

「二十九、三十。もういいかい？」

鬼の未夜が叫ぶと、

「「もういいよ」」

眞昼と朝華の声が重なる。俺も同じように返事をした。

いよいよスタートだ。

隠れていいのは公園の中だけ、最初に見つかった者が次の鬼というシンプルなルールだ。

未夜は視線を様々な方向に投げたのち、遊具の周囲から捜し始めた。ほかの遊んでいる子供たちの間をうまい具合にするするすり抜けながら、黙々と捜索する。その姿はさながら逃げた獲物を追う猫のようである。

ややあって、未夜は声を張り上げた。

「眞昼、見っけ」

眞昼は外周の茂みの中に隠れていた。が、服の色味が全く溶け込んでおらず、眞昼の赤いシャツが隙間から透けて見えていた。

開始から三分と経たぬうちにもう一人見つけるとは、なかなかやるな。

「ちくしょー、いきなり見つかったか」

「すぐ分かったよ。服が見えたから」

見つかった者は鬼と一緒に残りのメンバーを捜し回る。

「勇にぃはでかいからすぐ分かると思うんだ」

言いながら、眞昼は少し上の方へ視線を向ける。

二人は遊具を一つ一つしらみつぶしに調べていく。その途中で——

「おっ、朝華、見っけ」

眞昼が朝華に抱き着いた。

朝華はアスレチック遊具の内側の入り組んだところに隠れていた。壁の板が死角になり、外から一見しただけでは見つけられなかっただろう。

「見つかっちゃった」

「よし、これであとは勇にぃだけだな」と未夜。

「勇にぃのくせに最後まで残るとは生意気な」

眞昼が眉根を寄せて公園を見回す。

「ふん、勇にぃなんてすぐに見つけてやるぞ」

未夜が拳を高々と揚げると、二人もそれにならって手を伸ばした。

「「おー」」

＊

「おーい、勇にぃ、どこですかー」

「駄目だ、全然見つからん」

「えー、おかしいな」

クソガキ三人は園内を右往左往しながら俺を捜している。しかし、未だやつらが俺を見つけることはなかった。

ふっふっふ。

それもそのはず。俺はかくれんぼの必勝法を駆使しているのだから。

クソガキたちが再び遊具の方へ移動したのを確認すると、俺はその背後を取るようにして同じ方向に移動した。常に鬼の背中の延長線上にポジションを取り、鬼と同じように動き続ける。障害物があるとなおよい。万が一、鬼が引き返してきた場合はすでに鬼が捜した場所に隠れてやり過ごす。

同じ場所を二度確認することはほとんどないので簡単にやり過ごせる。

そうやって鬼の視界の外に居続ける。これこそがかくれんぼの必勝法だ。隠れる側が動いてはいけないというルールは少なくともこの地域には存在しない。参加者はじっと隠れ続けるという先入観を逆手に取ったこの戦法を破った者は、十八年生きてきた中で一人としていない。

まあ、隠れ鬼や缶蹴りと違ってあくまでかくれんぼなので、俺の姿が見つかった時点でゲーム終了となるのだが。

さて、クソガキたちは俺を見つけることができるかな？

「うーん、マジでいないな」

眞昼は腕を組んで地面を見つめる。

「もしかして、公園の外に隠れたとか？」

朝華が言うと、眞昼はうんうん頷いて、

「あり得るな。勇にぃはたまに卑怯な手を使う男だ。あたしたちの隙をついて公園の外に行った可能性がある」

「たしかに。アルバムの時も卑怯な戦法だった」と未夜。

「勇にぃめ、見つけたらとっちめてやる」

あのクソガキども、言いたい放題言いやがって。

「じゃあ、その辺見てこようよ」

三人は住宅街の方の出入り口から公園の外に出た。そのあとを追い、俺も公園の外へ。

一定の距離を保ち、時折電信柱や曲がり角に身を隠しながら三人のあとをつける。

そうやって俺たちは五分ほど公園の周囲を徘徊し、入口に戻ってきた。その間俺の気配に気づく様子は微塵もなかった。

「おかしい、ほんとにいない」

「もしかして帰っちゃったとか？」

「おーい、勇にぃ」

不安になったのか、三人の声が弱弱しくなる。

そろそろいいか、あんまり心配させてもかわいそうだ。後ろからばっと飛び出てびっくりさせてやろうではないか。

そうして三人の下に駆け寄ろうとした俺の手を誰かが摑んだ。

「え？」

見ると、緑色の蛍光ジャケットを着た地域パトロールのおっさんが険しい表情で俺を見つめていた。左腕の腕章には『防犯』という文字が見える。

「あ、あの？」

おっさんは訝しげに俺を見据え、

「君、さっきからずっとあの子たちの後ろをつけてたけど、今、何をしようとしたんだね？」

「いや、その――」

「君、まだ学生さんだよね？」

「いや違うんです。あ、いや学生なんですが……」

そうこうしているうちにクソガキたちは公園の中に入っていく。

「子供を狙う犯罪が増えてきてるからねぇ。ちょっと一緒に来てくれるかな？」

「いやだから……おーい、未夜、眞昼、朝華っ！　俺はここだ」

「あっ、暴れるんじゃない、すいません、誰か来てください。不審者が――」

＊

三人が俺に気づいて戻ってきたので誤解は解けたが、かくれんぼの必勝法がこんな形で破られるとは思ってなかった。

クソガキは捜したい

1

「うーん、ないなぁ」

眞昼がバットで草むらをかき分けながら言った。

「本当にこの辺なのかな」

朝華は背伸びをして周囲を見回す。

「馬鹿にぃが調子に乗るからこんなことになるんだ」

未夜がジトっと俺を見上げる。

「ぐっ……」

「ちゃんと捜すんだ」

返す言葉もない。

「分かってるよ、俺だってちゃんと捜してるよ。しっかし、たしかにこの辺のはずなんだけどなぁ」

俺は足元の草を足で寄せてみる。しかし、湿った地面がむき出しになるばかりで目当てのものは見つからなかった。

富士山から街の中心にかけて流れる潤井川。その河川敷に俺たちはいた。

「あ、未夜。あんまり川に近づくなよ」

未夜は護岸ブロックの傾斜の途中にいた。この時期、流れは緩やかで水量も少ないが、子供の体なんか簡単に流されてしまうだろう。

「うーん、なかった」

「落ちたら危ねぇから、ほれ」

未夜の手を引っ張って連れ戻す。

「川の中には入ってないと思うぞ。あたし、草むらの中に落ちてくの見たもん」

「川に落ちたらもう流れちゃってるよね」

朝華が言う。

「うーむ、本気を出しすぎたか」

「出しすぎた、じゃない！」

眞昼がバットで俺の尻をぺしぺし叩く。子供用のプラスチック製なので大して痛くはない。

肌寒い風が川面を渡り、川岸に鬱蒼と茂る草木を揺らす。せっかく温まった体がすっかり冷えてしまった。あまり暗くならないうちに見つけなくては。

あれは二十分ほど前のこと。

「ほいよ」

俺は下手投げでゴムボールを投げる。緩やかな曲線を描きながら、ボールは壁に向かって飛んでいく。

「えい」

バットを構えた未夜が大振りを見せる。

「ストライク」

壁に跳ね返ったボールはぽんぽんと地面を転がる。

「はっはっは、かすってすらないぞ」

「くぅ」

「もっとボールをよく見て、手で当てに行こうとすんな。腰できゅっと振るんだ」

裏手に川が流れる河川敷グラウンド。その一角に俺たちはいた。

今日は野球をやりたいというので、俺が子供の頃に使っていたゴムボールやバットを貸してやることにした。

俺は高校ではバスケ部だったが、実は中学時代は野球部に所属していた。小三の時から地域の少年野球に参加し、そこそこの実力はあったと自負している。

高校で野球部を選ばなかったのには大きな理由がある。というのも、高校野球は三年間強制坊主になるからだ。中学野球は夏の大会だけ坊主にすればいいのだが、高校となるとそうはいかないらしい。華の高校生活を三年間坊主頭で過ごす勇気が俺にはなかったのだ。

「おりゃ」

バットが空を切る。

「ストライク、三振だ」

「ちくしょー」

「未夜、今度はあたしだ。仇は討ってやる」

眞昼がバットを構える。未夜よりは様になっているが、まだまだ腰が高いな。

「ほれ」

ゆるくボールを投げる。

「えい」

ぽてん、と間の抜けた音が鳴る。

「すごい、当たったよ」

朝華がきゃっきゃと飛び跳ねる。

ピッチャー返しのゴロだが、一発目から当ててくるとは。しかもちゃんと腰を回して体で振っている。さすが眞昼は運動神経がいいだけのことはある。

「次はホームランだ」

「させるか」

さっきよりほんのちょっぴりだけ力を込める。

「えいっ」

今度は真芯で捉えやがった。ボールが打ち上がる。

「おお」

が、所詮は小一女児の腕力。距離的にはセカンドベース辺りのフライだ。

「すごい眞昼、ホームランだ」

「すごいすごい」

「はっはっは、あたしを誰だと思ってる」

「よーし、じゃあ次は朝華だ」

未夜が朝華の手を引く。

「上手くできるかな。私、野球やったことないんだよね」

「大丈夫だ、あたしだって初めてだったんだから」

朝華は眞昼からバットを受け取る。

フリルのついたワンピースを着た女児にバットという異色の取り合わせだ。

「左手を下にして、で、両手をくっつける」

「こう？」

「そうそう、そんで、ぐいって振るんだ」

眞昼のコーチを受けながら、朝華はバットを握る。

「もういいか？」

「はい」

「行くぞ」

未夜の時よりもさらに力を抜いて投げる。少しだけ内角寄りのコースになった。

「ひゃっ」

　朝華は振るどころかのけ反ってしまった。

「ゆ、勇にぃ、狙わないでください」

「悪い悪い。でも当たっても痛くないから安心しろって」

「うぅ」

「朝華、思いっきり振ってやれ」

「う、うん」

　再び山なりのスローボールを投げる。

「やっ」

　空振り。

「えい」

　空振り。

「たぁ」

　空振り。

「朝華も三振だな」

「うー、難しいです」

「なー、勇にぃ、あたしもピッチャーやりたい」

眞昼がこっちに駆け寄ってきた。

「ピッチャーって結構難しいぞ？」

「やりたい」

しょうがねぇな。簡単に投げ方を教えてやるか。

「いいか、力任せに手だけで投げるんじゃなくて、こうやって体をひねって、前に出した足を中心に引き戻す感じで。この時に、手が一番最後にくるように投げるんだ」

「こう？」

「……おおう」

球速はしょぼいが、なかなかのコントロールだ。

なんてやつだ。

「上手いなお前」

「へへ。じゃあ、勇にぃがバッターやってよ」

「いいだろう」

「行くぞー」

「おう」

バッティングなんて久しぶりだ。

「眞昼、頑張れー。勇にぃなんかデッドボールにしてやれ」

それは俺の勝ちだろうが。

ま、俺は子供相手に本気を出すような大人げない男ではない。最初はわざと空振りをしてやるか。ボールの上を振る。

「よし」

「ち、ちくしょー」

二球目はワンテンポ遅れて空振る。

「勇にぃってほんとザコいな」

眞昼が勝ち誇った顔を見せ、未夜もガヤを飛ばす。

「ザコザコー」

「勇にぃ、頑張ってください」

「……」

そろそろいいか。

ツーストライクを取って眞昼も満足したことだろう。さすがに子供相手に三振をしては俺の沽券に関わるし、たまには俺の凄さを見せてやらねば。

大人の力を分からせてやる。

「これで終わりだ」

眞昼が三球目を放る。

「ふん」

バットを振り抜く。

気持ちのいい音がした。

「あっ」

「え？」

「ああ」

……誤算は思いのほかゴムボールの飛びがいいことだった。バットもプラスチック製だし、せいぜい外野に落ちる程度の当たりだと思っていた。しかし、打球はぐんぐんと伸び、川とグラウンドに挟まれた草むらへ吸い込まれていった。

2

「こっちにもねぇな」

まさかあんなに飛ぶとは思っていなかった。

「捜す場所変えてみよう」

未夜が橋の下の辺りに移動し、眞昼と朝華もついていく。あんな方にはないと思うが

……

「川には絶対入るなよ」

「分かってる」

俺は反対方向に捜索範囲を広げた。

それにしてもゴミが多いな。スナック菓子の袋にペットボトル、よく分からない塊のようなものもある。ゴミぐらい自分ちで捨てやがれ。

そうして捜索を再開すること数分、俺の視界にあるものが映り込んだ。

「……あっ」

エロ本だ。

それはそうか。川といえば、廃家、雑木林に並ぶエロ本の捨て場だ。が、場所が場所だけに全体が湿ってしまっており、ページをめくることすら難しい状態だ。

なんてもったいない……

「おーい、勇にぃ、あったー？」

未夜が叫ぶ。

「いや、ない……はっ！」

「こっちにもなかったよー」

「そ、そうか」

まずい、あいつらがこっちに戻ってくれば、これを見つけてしまう恐れがある。子供

――特に女の子――にこんなものは見せられない。

あいつらが戻ってくる前に、目に触れない場所に移動させなくては。

「じゃ、じゃあ、もうちょっと向こうを捜してくれー」

「分かったー」

俺は周囲に落ちているエロ本を重ねて持つと、どこか隠せる場所がないか辺りを見回した。もっと下の方へ移動させるか？　それとも草で覆い隠すか……しかしそれだとクソガキどもが草をかき分けた時に見つかる恐れがある。

ふやけたエロ本を抱えながら、俺はどうするべきか悩む。

その時だった。

「有月くん？」

聞きなれた声がした。見上げると、ランニングウェア姿の光がいた。

「し、下村？　何やってんだ」

「何って、ランニング中だよ。有月くんこそ何して――え？」

光の視線が俺の手元に移る。

「……それって」

背筋に悪寒が走った。

「あっ、いや、違うんだ」

光の目から生気が失われる。

「男の子だもんね、そういうの好きなのはしょうがないと思うよ。でも川に捨てるなんて……」

吐き捨てるようにそう言うと、光はその場から逃げるように走り出す。

「違うんだ、誤解なんだって――」

最悪だ。俺はエロ本を草むらの中に隠し、光を追いかける。

「い、いやああ」

「誤解なんだ、話を聞いてくれー」

＊

一から状況を説明し、なんとか誤解は解けた。ちなみにボールは未夜が見つけた。

第三章　それぞれの十年

1

東の空に輝く太陽が一日の始まりを告げる。

澄んだ朝の空気を胸いっぱいに吸い込みながら歩くのは気持ちがいい。会社勤めをしていた頃、この時間帯はいつも一発目の配達の準備をしていたなぁ。タイムカードを押さずに。

「おや、そっちの当番は勇くんなんだね。早起きして偉いぞ」

「いやぁ、まだ眠いっすよ」

眞昼（まひる）の母、龍石（りゅうしゃく）明日香（あすか）は十年経（た）っても相変わらず大きいものをお持ちである。ぴっちりしたTシャツに浮き出る下着の形が目に毒だ。

「勇くんが来るなら眞昼に来させればよかったなぁ。今日はあの子、午後練だから家にいるはずだし」

「眞昼、春高目指すらしいっすね」

「今年は最後の年だからか、すごく張り切ってるの」

すっかり夜が明けた午前六時過ぎ。夏とはいえ、この時間帯はまだうっすら肌寒い。やがて俺と明日香さんは近所の公園に着いた。中央よりの地面にラジカセを置く。

「この辺でいいですか？」

「そうね。もうぼちぼち集まるかな」

今日は地区のラジオ体操の当番で朝から駆り出されていた。有月家と龍石家が当番であるが、父と母は店の準備が忙しいようで俺が担当することになった。

「そうそう、今夜の夏祭りの打ち合わせだけど、時間変更になったの聞いてる？」

「ああ、回覧板で見ましたよ」

「ならよかった。さやかさんが出るの？」

「ええ」

雑談をしながら待つこと十数分。子供たちがやってきた。

「おはようございまーす」

「はい、おはよう」

「あっ、おっさ……勇さんじゃん。おっはー」

その中に未空とその友達二人の姿があった。たしか、黒髪ポニーテールの方が龍姫で、カチューシャをつけているのが芽衣だったか。三人は自転車で来たようで、入口に愛らしい色合いの自転車が三台停まっている。

「おはよーございます」

「おはよぅございまふ」

「おう、おはよう」

龍姫の方はしゃっきりしているが、芽衣はまだまだ寝足りないといった様子だった。

「勇さんが今日の当番?」と未空。

「そうだよ」

「ふーん」

「未夜は起きてる?」

「たぶんまだ寝てる。おねぇは本当にだらしなくってさぁ、私がラジオ体操終わったあとにいつも起こしてあげてんの」

「へぇ、未空ちゃんの方がお姉ちゃんみたいだね」

「ほんとだよ」

兄弟姉妹はだいたい下の方がしっかり者になる、という話をよく聞く。上の子がやんちゃであればあるほど、その姿を反面教師にして成長するからだろう。一人っ子である俺にはたしかめようのない話ではあるが。

「さて、じゃあそろそろ始めようか」

全員集まったようなのでラジオ体操を開始しよう。俺はラジカセのスイッチを押す。ややあって、懐かしい音楽が流れ始めた。

＊

スタンプカードに今日の分のハンコを貰うため、子供たちが行列を作る。

「はい」

「サンキュー」

未空はスタンプを貰うと、入口に停めてあった自転車の籠からあるものを取り出した。

「さて、やろっか」

彼女の手にあるのはバスケットボールだった。

「あれ？　未空ちゃん、バスケするの？」

「私、小学校のミニバスやってるんだ」

「へぇ」

よく見ると、ボールの表面は砂で汚れ、すり減っている。かなり使い込んでいるのだろう。龍姫と芽衣を引き連れ、未空は奥にあるゴールに駆けていく。ダムダムとボールをつく気持ちのよい音が耳に届き始めた。

最後の子にハンコを押す。

「じゃ、これは次の家に渡しておくね」

「あ、俺行きますよ」

「いいよ、うちのお隣さんだから」

「すいません」

明日香さんが帰っていく。俺も帰ろうとしたところで、

「おーい、勇さん、取ってー」

龍姫の声が聞こえてきた。

「ん？」

足元を見ると、ボールが転がってきていたので拾い上げた。

「投げてよー」

久しぶりに触るバスケットボール。子供用でサイズこそ小さいものの、そのざらざらとした手触りに胸が熱くなった。

そのまま地面についてみる。ダムっと砂を巻き上げながらボールが跳ね返ってくる。手のひらに染み渡る振動が気持ちいい。

「勇さんってばー、ぷぷぷ、もしかして届かないー？」

未空が半笑いで言う。

「言ったな」

気づけば、俺はドリブルをしていた。駆け寄ってくる龍姫と芽衣を抜いてゴールへ。

「なっ、おっさんのくせに生意気な」

未空が立ちはだかる。先の二人とは違い、腰の落とし方を分かっているな。さすがはミニバス経験者。しかし、所詮は女子小学生。

「はっ」

「ほいよー」

「えっ!?」

「ほい」

ロールターンであっさり抜くことができた。

「なっ！」

そのままレイアップシュートを決める。ネットを揺らし、ボールが地面に落ちる。

「すげー、うめー」

龍姫が歓声を上げる。

「くるって回った」

芽衣が目を丸くして言う。

「今の動き……おっさ、勇さんって、もしかして経験者?」

未空は抜かれた時のままの、驚愕の表情で言った。

「高校の頃バスケ部だったんだ」

俺は指先でボールを回してみせる。十年以上のブランクがあったが、そこそこの動きはできた。

「くっ、もう一度勝負よ」

悔しさからか、未空は眉をひくひくさせる。

「いいだろう、大人の本気を分からせてやる」

未空はボールをつきながら、

「龍姫、芽衣、あんたたちも加わりなさい」

「え？　三対一？」と龍姫。

「勇さん一人でいいのー」

芽衣がぼんやりした声で言う。

「子供の特権よ。いいよね、勇さん」

「全然大丈夫だよ。まとめてかかってきな」

まぁ、いくら三対一とはいえそこは子供と大人。圧倒的実力差で蹂躙（じゅうりん）することも可能だが、俺は子供相手にムキになって全力を出すような大人ではない。

「龍姫、横横」

「わわっ」

「芽衣、パス」

「うへぇ」

動き方を見るに龍姫と芽衣は初心者のようだ。適度に力を抜き、接戦を演じてやろう。

未空にボールが回る。

「言っとくけど、私に手加減なんかいらないから」

バレていたか。

「じゃあ本気で行こうかな」

「おっさんのくせに生意気」

未空は左右に揺さぶりをかける。

「……」

「……」

未空が右下に沈み込み、抜きにかかる。なかなかの瞬発力と切れ味だ。が、大人のリーチから逃れられるほどではない。

止めた！

「芽衣！」

「あっ」

未空の進路を完全に塞いだと思ったら、彼女は俺の股を抜くようにパスを出した。

しまった。これが狙いだったか。

フリーの芽衣にボールが渡る。

「えいや」

へっぴり腰のシュートはそのままゴールの向こうの生垣の中に吸い込まれていった。

「もう、何やってんの」

「いやぁ、外れちゃった」

「はぁ」

「未空ちゃん、なかなか上手だね。はい」

生垣の中からボールを探し出し、俺は未空に手渡す。

「どれぐらいやってるの？」

「二年生から始めたから、一年とちょっとかな」

それであのレベルか。かなりの才能だ。未夜の妹とは思えないな。

「勇さんもけっこうやるね」

未空はにやりと口角を上げた。

その時だった。

「おーい」

朝の静かな空に快活な声が響き渡る。この声は……眞昼だ。ジャージ姿の眞昼がこちらに向かって走ってきていた。

「あっ、眞昼ちゃん」

未空が眞昼に駆け寄り、お腹に抱き着く。

「どうした眞昼、こんな朝っぱらから」

「へ？　ああ、いやぁ、ちょっと朝のジョギングしようと思って。そしたらみんながいたからさ」

眞昼は少し髪が湿っており、近づくと石鹸のいい匂いがした。シャワーを浴びてきたのだろう。それにしても走る前にシャワーを浴びるとは、なんて綺麗好きな奴だ。

「眞昼ちゃんもやる？」

未空がボールを渡す。

「いいよ」

「それならいっちょ俺と勝負するか」

「眞昼さんってバスケもやるの？」

龍姫が聞く。

「いや、体育の授業でちょっとやったくらいかな」

子供を相手にするより張り合いのある勝負ができそうだが、まあ、いくら眞昼といえどもバスケは初心者だろう。未空たちの時と同様、ちょっと手加減をしてやるか。

「はっ」

「何⁉」

眞昼は俺のレイアップシュートを横から叩き落とす。

「ほい」

「うおっ」

シュートをすると見せかけ、俺が飛んだのと同時に斜めに抜く眞昼。

ば、馬鹿な。この俺が初心者にフェイントをかけられるなんて……

そして——

振り向いた俺の目に飛び込んできたのは、信じられない光景だった。ボールを保持したまま、ゴールに向かってジャンプする眞昼。

いやいや、嘘だろ。

いくらバレーで跳躍力を鍛えているからって、そんなことがあるわけがない。あくまで子供が遊ぶことを前提としたゴールなのでリングまでの高さは三メートルもないけれど、そんなことが……

そんな、ことが——

「おりゃっ」

ボールを叩きこまれ、リングが激しく揺れる。見事なダンクシュートが決まった。

「すごーい、眞昼ちゃん」

「いやぁ」

「めちゃくちゃジャンプしてた」

「いやぁ」

「かっこよかったです」

「いやぁ」

「ぐぬぬ」

経験者の俺を差し置いて子供たちの羨望の眼差し（まなざし）を独り占めするとは。

「眞昼、もう一度だ」

「しょうがないなぁ」

ロールターンで抜き、レイアップを仕掛けるも、眞昼は瞬時に追いついてジャンプする。

その高さと瞬発力は圧倒的で、瞬く間に俺よりも高く飛び上がってゴールを塞いだ――

と思ったら、

「あ、ま、眞ひっ」

「きゃっ」

勢いがつきすぎたのか、眞昼と空中で接触する。むにゅっと俺の顔が二つのボールに挟まれる。温かくて柔らかい壁に押し返され、俺は尻もちをついた。

「うおー、すごい迫力のブロック」

「眞昼ちゃんかっこいい」

「あ、あはは。勇にぃ、大丈夫？」

「あ、あぁ」

顔を赤らめ、眞昼は胸を押さえている。

「わ、悪かったな」

「へ？　な、何が」

「いや、その……」

「あ、あたしは全然気にしてない……し」

眞昼は斜め下に視線を投げる。

「そ、そうか？」

「よーし、次はチーム戦しようよ」

未空が興奮さめやらぬといった調子で提案した。

＊

その後、有月と眞昼は互いを意識しすぎてプレイが上の空になっていたとさ。

2

それは〈ムーンナイトテラス〉に遊びに行った時のこと。今日は、眞昼は一日中部活で朝華も用事があるというので私一人だけである。

「ほれ、未夜」

「ありがと」

お昼を食べたあと、勇にぃがかき氷を作って持ってきてくれた。練乳たっぷりのイチゴミルクだ。勇にぃの方は抹茶ミルク。

「ああー、キーンってなる」

「なるな」

アイスやかき氷を食べると頭がキーンと痛くなる現象にはアイスクリーム頭痛という正式な医学用語があるらしい。一説によると、冷たいものを食べて体が冷やされると、体温維持のために血管が拡がって頭痛が起きるそうだ。

「そっちも美味しそうだね」

「ん？　食うか？」

「へ？」

勇にぃは一口分のかき氷が載ったスプーンをこちらに向ける。

「ほれ」

「いいの？」と言いつつ、私は少しためらう。

ちょっとちょっと、これって間接キスじゃん。子供の頃はそういうのは気にしなかったけど……っていうか、勇にぃは気にしないの？

そろりと勇にぃの顔を見ると、いつも通り、いたって普通のぼんやりとした表情である。

なんだか私だけ気にしてるみたいで恥ずかしい。

この状況で食べないのも変なので、私はそそくさとスプーンに口を近づけた。

「あむ」

「美味(うま)いか？」

「……うん、美味しい」

味など分からない。冷たいはずなのに舌がじんじんと熱く感じる。でも、なぜか美味しい。喉元を過ぎても口の中が熱い。それどころか体全体が火照っている。

「お前のも寄こせ」

そう言って勇にぃは私のかき氷を掘削する。

「あっ、練乳がいっぱいのとこ取った！」

「ふはははは」

かき氷を食べ終え、テレビをだらだら見たり、雑談をした。

「最近のおすすめは『ジェリーフィッシュは凍らない』だな」

「勇にぃ、それけっこう前のやつだよ？」

「そうなのか？」

「たしか、二〇一六年くらいだったかな。読まなかったんだ？」

「いやぁ、東京にいた頃はまともに読書なんかできなかったからなぁ」

話題はだんだん二人の共通の趣味である推理小説に転がり、いつの間にか二人して読書タイムに突入した。

「あれ？　これ何？」

勇にぃのミステリコレクションから一冊借りようと思い、棚から抜き出したのだが、奥に挟まっていたものも一緒に出てきた。一冊のノートである。

「ノート？」

なんでこんなものが本棚の奥に？

「ん？　あっ、未夜、ちょっと待て」

この勇にぃの慌てよう、さてはえっちなやつか？

「何これ？」

ぱらぱらとめくってみると、そこには人名や人物相関図、見取り図にトリックのネタなどが書き込まれていた。

「見てしまったか……」

「勇にぃ、これって創作ノート？」

勇にぃは照れ臭そうに視線を逸らす。顔が耳まで赤くなっているのが可愛い。

「あ、あぁ」

「へぇ」

よく見ると、タイトルごとに区切ってある。えーと、『人間パズル』、『処刑島の殺人』、『人魚村の悲劇　～いにしえの約束と二人の巫女』……

「もういいだろ、返せ」

「あう」

ノートを取り上げられる。

「勇にぃ、推理小説書いてたんだ」

推理小説フリークを長年やっていると、だんだん自分でも推理小説を書いてみたくなるものだ。高校生になってミステリ研究会に所属してからは私も自作を会誌に載せたりしている。

「それがな、こう、設定とか、トリックとかを考えるところまではいつも上手くいくんだが、それを物語として昇華させようとすると、どうもな」

「ああ、あるある。私も最初はそうだったよ」

見切り発車で書き始めて、没になった作品は山のようにある。特に、推理小説は構成が最も重要になるのでプロットは念入りに作らなくてはいけないのだ。

「最初は？　未夜も書くのか？　あ、そっか。お前、ミス研だったもんな」

「最近は勉強が忙しくて、あんまりだけどね。けっこう書いたよ」

「ふーん」

勇にぃは腕組みをして唸る。

そして――

「ちょっと読ませてくれよ」

＊

車で私の家まで移動する。

「お邪魔しまーす」

「ん、勇さんじゃん」

未空がアイスを食べながら出迎える。

「おお、未空ちゃん」

「遊びに来たんならさ、あとで公園行こう。バスケしようよ」

「あとでなー」

あれ？　いつの間に二人が仲良くなってるような……

まあいい。とにかく勇にぃを部屋にあげる。新居の方の部屋にあげるのは、そういえば今回が初めてだ。

自分の部屋に勇にぃと二人きり。勇にぃの部屋の時とはまた違った高揚感とドキドキが私の心を揺さぶる。

「えと、そこら辺に座って」

勇にぃは物珍しそうに室内を見回していた。

恥ずかしい。もうちょっと片づけとけばよかった。

「まさか未夜の書いたミステリを読める日が来るなんてな。で、どれだ？」

「あ、うん」

私は棚から会誌をいくつか手に取った。プリントしたものを紐で閉じただけの安っぽい出来である。

「私のは……」

そうして勇にぃに私の書いた推理小説を見せる。会誌に載せているのは短編ばかりなので、ペースよくページがめくられる。

「どう？」

　自分で書いたものを目の前で読まれるのは、なんだかこそばゆい。私が生み出した私の世界を勇にぃに読まれている。私の内面を紐解かれていくようで変な気分。

「……」

「……」

「……」

「……」

「面白い！」

「そう？」

「ああ、ロジックの切れ味が鋭いし、トリックを見破ることで構造が反転する仕掛けもいい」

「えへへ」

「何より、読むのが苦じゃない文章を書けるのがすごい。読みにくい文章ってだけで読む気が失せるもんだが、未夜の文は逆にどんどん読みたくなるような『読ませる』文だ」

　褒められちゃった。自分で書いた小説は我が子のようなものだから、自分の子供を褒められたような気分だ。

「ほかのも読ませろ」

そうして勇にぃはどんどん読み進めていく。途中からは問題編だけを読んでもらい、犯人を推理する犯人当てゲームをやった。

「いやぁ、面白かった。しかしあれだな、こうなってくると、自分でも書いてみたくなるな」

「いいじゃん、勇にぃも書いてみなよ」

勇にぃが書いた推理小説、私も読んでみたい。

「うーん、でもなぁ今まで何度も書こうとして続かなかったから……」

「じゃあさ、一緒に作ろうよ」

「一緒に？」

「うん、二人で推理小説を作ろうよ」

「二人で……なるほど、クイーンみたいだな」

私は創作ノートをテーブルに広げる。

「勇にぃはどんなのが好き？」

「そうだなぁ、やっぱり俺は館物かな。怪しげな館に住まう謎の一族、とか」

「あー、定番だねぇ」

「トリックのアイデアはたくさんあるぞ」

「トリックはねぇ、それを使うに至る過程と必然性が重要だから、館物なら大掛かりなトリックよりロジック重視の方がいいかな――」

二人で意見を出し合い、煮詰めていく。

「やっぱさ、探偵はダンディな中年紳士がいいよな」

「え？　いやいや本格ミステリの探偵はアラサーの偏屈者って相場が決まってるから……っていうか、登場人物云々はあと回しだって」

「薄幸の美少女ヒロインは絶対に入れたい」

「ふーん、そういうのがタイプなんだ」

「別にそういうんじゃねぇって」

薄幸の美少女って、なんか朝華のイメージに近い気がするけど、まさかね。

「勇にぃ、このトリックはちょっと奇抜すぎかな」

「そうか？」

「世界観に合わないっていうか、浮いちゃってるよ」

私と勇にぃが考え、生み出す世界。まるで二人の精神が交じり合い、心が繋がるような時間だった。それは二人の子供のような存在といっても――

幸せだな。

勇にぃが上京してから、その面影を求めて勇にぃの部屋に入り浸っているうちに推理小説を発見し、読むようになった。寂しさを紛らわせるために勇にぃの部屋にあった推理小説を読み尽くし、それが現在の私と勇にぃを密接に繋ぎ合わせる接点の一つとなってくれた。

今はまだこうしてただ兄妹みたいに仲良く過ごしているだけだけど、私は漠然とだが確信していることがある。

それは——

＊

「勇さん、そろそろバスケしに行こうよ……ん？」

おねぇの部屋を覗く。二人は寄り添うようにして眠っていた。テーブルの上にはノートやらメモやらが散乱している。勉強でも見てもらってたのかな。

おねぇは気持ちよさそうに勇さんの肩に頭を預けている。

「バスケしたかったのに。あとででいいか」

しょうがない、もう少し寝かせておいてあげよう。まだ午後三時前。時間はたっぷりとある。二人を起こさないように、私は静かにドアを閉めた。

3

朝の公園。

「ふぅん、龍姫(たつき)ちゃんはテニスやってんのか」

「そ。ママと一緒にテニススクールに通ってるの。すごいんだよ、うちのママ、高校の時はテニス部のエースで、全国大会まで出たんだから」

龍姫は自慢げに言う。小麦色の肌に汗の粒が浮かび、実に健康的だ。

「そりゃすごい」

俺の青春はほとんど一回戦敗退だったなぁ。ほかの部活の同級生には全国大会に出場したやつが何人もいたが、男子バスケットボール部は初戦敗退の常連だった。

「こら芽衣(めい)、こんなとこで寝ちゃダメ」

未空は芽衣の肩を揺さぶる。

「うへぇ」

疲れたのか、芽衣はゴールの柱にもたれてうとうとしていた。

「芽衣が電池切れみたいだし、そろそろ帰ろっか」

「そだね」

「うーん」

「ほら行こ」

未空の号令で芽衣と龍姫が立ち上がる。

「じゃーね」

「バイバイ」

「バイバーイ」

「おう」

三人の女児を見送り、俺は一人で公園に佇む。

ここ最近は、ラジオ体操を終えた未空たちと公園で合流し、バスケをするのが朝の日課になっていた。まだそれほど気温の上がらない朝の運動は適度に体がほぐれて気持ちがいい。

運動不足の解消にもなるし、寝起きのけだるい体を目覚めさせることもできて一石二鳥だ。

「さてっと」

時刻は午前七時半。今日は店が休みなのでまだ時間に余裕がある。このままこの辺りを散歩でもしようかな。入り口横の自販機でスポーツドリンクを買って喉を潤す。

「くはぁ」

運動で火照った体に冷たいスポドリが染み渡る。そして俺は気の向くまま足を動かした。

商店街をのんびり歩き、その先にある浅間大社の境内に入った。その頃には太陽も本気を出し始めたようで、先ほどのさわやかな朝の空気が嘘のように蒸し蒸しと暑くなり、逃げ場のない熱気が街を包んだ。

自然と体も汗ばんでくる。

空には雲一つなく、青々とした富士山がよく見えた。境内の広場では子供たちが遊んでいる。脇を流れる神田川の岸辺で水遊びをしているグループもおり、夏らしい涼やかな光景である。

先ほど買ったスポドリはもうぬるくなってしまっていた。残りを一気に飲み干す。

「ふぅ、あっつ」

首の汗をTシャツで拭う。小一時間ほどの散歩ですっかり汗だくになってしまった。タオルを持ってくればよかったな、と少し反省する。

水飲み場で追加の水分を補給し、俺は帰路につく。

「ふぅ、疲れた」

ようやく我が家が見えてきた。

まずシャワーを浴びて、べたつく汗を洗い流したら冷房が効いたリビングでキンキンに冷えたサイダーを飲もう。

「おーい」

鳥の鳴くような軽やかな声が後ろから聞こえてきた。振り向くと、日傘を差した朝華が駆け寄ってくるところだった。

「勇にぃ、おはようございます」

「おう、朝華」

「ジョギングでもしたんですか？　すごい汗です」

「いや、ちょっとぶらぶら散歩してたら、けっこう暑くてさ」

「今日は三十度を超えるようですよ」

「マジか」

「ところで勇にぃ、どうですか？　今日の私」

朝華は俺を見上げて尋ねる。

「どうっ……て」

フリルをあしらった白いブラウスにミニの黒いティアードスカート。ブラウスはノースリーブで、胸の辺りがぱっつんぱっつんに膨れ上がっているのが目に毒だ。

「い、いいんじゃないか。おしゃれだし、長い髪も綺麗（きれい）だし」

「うふふ、ありがとうございます」

「それより、暑いから中に入ろうぜ」

人気のない店内に入る。父も母もまだ寝ているようだ。

「そういや朝華、飯は食ったか——」

「えい」

中に入るや否や、朝華は一歩距離を詰めて抱き着いてきた。

「おいおい、今はやめとけって。汗めっちゃかいてるから臭いだろ？」

朝華は背中に手を回し、ぎゅっと力を入れる。全く、こいつの甘え癖はいつになったら治るのやら。

「全然」

朝華は俺の首筋に顔を寄せ——じゅぷ、と何かを吸うような音が耳に響いた。

「なっ——」

そして、ちゅううう、と吸い付くような音が漏れる。

「ぷはっ、臭くないですよ、いい匂いです」

「お、おま、今、吸わなかったか？」

「さぁ？」

けろっとした顔で朝華は俺を見上げる。

首に残る柔らかな唇の感触。ロングの黒髪から花のような甘い香りが立ち昇り、俺は父と華吉(はなよし)さんが相撲を取っているところを想像して昂(たか)ぶりを抑え込んだ。

「勇(ゆう)にぃも、吸いますか？」

「は？」

そう言って朝華は首を傾げ、髪を手で上げた。

首筋が露わになる。白く、きめ細かい肌。薄く透けた血管。耳の付け根の小さなほくろ。

「うっ……」

「いいですよ、どうぞ」

い、いいですよって……

暑さでからからになったはずの口内に、なぜか唾液が溢れる。

「誰も見てません。ここにいるのは、私たち二人だけです……」

「い、いやいやいや。何言ってんだ」

ＪＫの首筋に吸い付くなんて、そんなことをしていいはずがない。

朝華は俺を試すように目を閉じる。艶やかな黒髪と、煽情的な白い肌。息遣いと共に、朝華の豊満な胸が揺れる。

ごくりと生唾を飲み込み、俺は——

「ああー、よく寝た」

その時、母の呑気な声が聞こえてきた。ややあって、どたどたと階段を下りる音が響く。

俺たちは互いにびくんと肩を震わせる。

「あら、朝華ちゃん来てたの」

「おはようございます、おば様」

「おはよう。ふわぁ、今何時かしら」

大きなあくびをしながら母はキッチンの方へ歩いていった。ガシャガシャと食器のこすれる音が聞こえてくる。朝食を作るのだろう。

「残念でしたね、勇にぃ」

「な、何がだ」

「うふふ、さ、シャワーを浴びるんでしょう？」

朝華に背中を押され、俺は二階へ上がった。

＊

勇にぃ、可愛(かわい)かったな。おろおろしてて、顔を真っ赤にして。

私のしたいようにさせてもらってるんだし、勇にぃのしたいようにもさせてあげたい。

だって私はもう勇にぃのものなんだし。

私にできることなら、どんなことでも……

勇にぃはどんなのが好きなんだろう。

部屋で待ちながら、私はあることをひらめいた。

そうだ。

男の人のそういった嗜好を知るにはどんなものを普段見ているのかを探るのが一番！

勇にぃも男の人だもん。えっちな本やえっちなビデオくらい持ってるはず。

私はベッドから降り、その下を覗いてみた。

「うーん」

ないなぁ。

薄く積もった埃と読みかけの雑誌くらいしかない。机の引き出しや裏もない。

となると、あっちかな？

私はクローゼットを開ける。

かさばるものだからそう狭いところには隠さないはず。

なんだか子供の頃に勇にぃのアルバムを探した時を思い出した。あの頃は勇にぃが背中に隠し持っていたっけ。今になって思い返してみれば、子供相手にはちょっとこずるい手だ。

洋服用の引き出しの奥や箱の裏などを入念に探してみたが、それらしいものは見つからない。

こっちはどうかな？

下着がしまわれている引き出しを開ける。折りたたまれたトランクスがぎっしり詰め込まれている。勇にぃはトランクス派だったんだ。そういえば別荘でもトランクスをはいていた。

「すぅ……はぁ」

ないなあ。

「むむ」

おかしいな。

そうこうしているうちに勇にぃの足音が聞こえてきたので、私は動かしたものを元通りに直してベッドの縁に座った。

「お待たせ」

ふふ、濡(ぬ)れ髪(がみ)も素敵。

「どうした？　朝華？」

「いいえ、何も」

「なんだ、なんか元気ないな」

「勇にぃ、腕を上げましたね」

「うん？　サイダー飲むか？」

「……いただきます」

＊

朝華は知らなかった。

すぐ目の前、ベッドの上に放置されているスマホの中にこそ、朝華の求める有月(ありつき)の性癖の全てが詰め込まれていることに。

技術の発展と共に、エロの世界もまた電子の時代となったのだ。いや、技術がエロと共に発展してきたといっても過言ではないだろう。

周囲を窺(うかが)い、勇気を振り絞ってレジに置いたエロ本も、今では電子通販サイトでワンタップで買い、そのままスマホにダウンロードすることができる。

親の目の届かない、自分だけが知る隠し場所も必要ない。

あの頃の苦労とロマンを知る身としては、片手で全てが解決する今の時代はいささか寂しい気もするけれど……

ともあれ、こうして有月の性癖は守られた。

4

「それにしても今日は暑かったよな。毎年思うけどさ、朝華そんなに長くて暑くねーの？」

あたしは隣を歩く朝華を見る。艶のある黒髪はお日さまの光を浴びて天使の輪を作っている。

「暑いけど、切るのはもったいないかなって」

今日は部活の練習が午前にあった。午後からは朝華とランチを兼ねたショッピングを楽しんで、それから各々の家に寄って荷物を置き、〈ムーンナイトテラス〉へ向かっている。

「まぁ、昔からずっと伸ばしてたからなぁ」

「それに勇にぃ、長い髪が綺麗だって言ってくれたし……」

そう言って朝華は微笑む。

「ふーん」

まさか、とは思うけど、

「ねぇ、朝華って——」

「うん?」

「あ、いいや、なんでもない」

「そう。逆に聞くけど、眞昼ちゃんは髪の毛を伸ばしたりしないの?」

「あたし? あたしはほら、長いとバレーする時に邪魔だし」

生まれて十七年、ショートヘア以外の髪型にはしたことがない。

「似合うと思うけどなぁ」

「いいよ、手入れとか面倒だし」

やがてあたしたちは目的地である〈ムーンナイトテラス〉に到着した。とはいえ、今日は臨時休業日。外のテラス席で、勇にぃがだらだらしながら待っていた。

「おう、お前ら」

「勇にぃ」

朝華が駆け寄り、勇にぃの腕に抱き着く。全く、いつまでも子供のまんまなんだから。

「こら朝華、暑いだろうが」

「えへへ」

口では文句を言いつつも、特に引き剝がしたりはしない。勇にぃは昔から朝華には甘いんだもんなー。普通に通行人がいるのに、あんなふうに感情のまま行動できる朝華がちょっと羨ましい。

「勇にぃ、待ったか？」

「いや、俺も今来たとこ……って俺んちじゃねーか」

「一人で何言ってんの」

時刻は午後三時半。

「おじ様とおば様は？」

朝華が聞く。

「二人はもう町内の連中と向かったよ」

「勇にぃも参加すればよかったのにな」

「俺はいいって。人前に出るのは好きじゃねーんだ。それに毎日練習するのもくたびれるしな。大人になってくると、こういうのは観客として外から見てる方が楽しめるんだよ。っていうか、よく未夜が参加したな」

「あー、なんか担任の先生が思い出作りにってクラス名義で登録したらしいよ」

「……災難だな」

「勇にぃ、早く行きましょう。始まっちゃいます」

「そうだな」

朝華は勇にぃと腕を絡ませたまま歩き出す。

「よっしゃ行くか、宮おどり」

*

浅間大社前の目抜き通りを大勢の人が埋め尽くしている。鉢巻をしたり、派手に髪を盛ったり祭り化粧を施したり、と人々は思い思いのやり方で気合いを表現している。

本日八月六日は『宮おどり』が開催される。

　毎年、八月の第一日曜日に催される踊りの祭りで、この街の市制施行五十周年を記念して平成四年に始まったそうだ。著名な振付師によって振り付けされた二つの曲を中心に、半日近く人々が踊りまくる夏の一大イベントである。小中学校の生徒や地元の企業、各町内会など、老若男女問わず大勢の市民が参加する。俺も子供の頃は町内のグループに入って参加していた。本番に備え、毎日二時間ほど近所の公園で練習したものだ。

　開始は午後四時からで、まずは小中学生の部からである。学校ごとに集まった子供たちが商店街の大通りに行列を作っている。

「ええと、――小学校はあっち」

　眞昼がパンフレットを手に歩道を進む。見物人をかき分けながら、その背中を追う。まずは未空ちゃんたちの応援に行くのだ。やがて人混みの中に未夜を見つけた。

「あ、みんな」

　未夜は長い茶髪の髪を上でまとめて盛り髪を作り、赤白の鉢巻をしていた。目元には赤いラインが引かれ、勝気な印象である。『祭』の文字がでかでかと背中に印字されたハッピを着ていた。

「おま……ノリノリだな」

「違うんだって、私は出たくなかったんだからね。この格好はお母さんが無理やり」

　顔を真っ赤にし、未夜は騒ぐ。

「先生がね、勝手に申し込んじゃって……」

「おーい」

道路の方から声が聞こえた。見ると、はっぴ姿の未空と龍姫、そして芽衣の姿が。子供たちも祭り化粧を施し、腹掛けに股引きといった祭りの定番スタイルだ。

「おー、カッコいいね」

眞昼はしゃがみ込み、子供たちに目線を合わせて言う。

未空は照れ臭そうに頰をかいて、

「やっと今日で練習の日々とおさらばだよ」

「頑張ってね」

向かいの歩道にはたっちゃんこと春山太一と未来さんの姿があった。たっちゃんはカメラを構え、未来さんは未夜と同じように祭り衣装に身を包んでいる。こちらに気づいたようで二人は手を振ってきた。

四時になり祭りが始まる。

俺たちは歩道から踊りを見物することにした。やがて懐かしいイントロが流れ始める。午後の厳しい日射しを受けながら踊る子供たち。「らっせらっせ」の掛け声が夏の空に響く。照れが隠せないのか、どこかぎこちない動きの子もいる。

微笑ましくも懐かしい光景だ。

未空たちの小学校グループはもう奥の通りまで進んでいた。俺たちは浅間大社の駐車場前に陣取ることにした。露店が並び、トイレもあるためここが一番いい。

四人でかき氷を食べながら踊りを眺める。

「そうだ、勇にぃ、焼き鳥食べる？　あそこにあるよ」

「食う」

「買ってきてあげるよ」

眞昼が屋台に向かい、小走りで焼き鳥を買ってきた。そうそう、縁日の焼き鳥は俺の大好物。

「全部たれでよかった？」

「ああ、ありがとな。はい、代金。釣りはいらねぇぞ」

「いいよ、いつもいろいろ奢(おご)ってもらってるし」

「いいからとっとけって」

眞昼に千円札を二枚押し付ける。

「いいなぁ、私も食べたい」

未夜がお腹(なか)に手を当てる。

「衣装が汚れるから、ほれ」

俺は串を持って未夜の口元に焼き鳥を運ぶ。

「あむあむ……おいしー」

「勇にぃ、私にも」

朝華が口を開ける。

「お前ら、もう高校生だろうが」

朝華の口にも焼き鳥を近づける。右手に未夜、左手に朝華の串を持っている状態だと俺が食えなくなるんだが……

「勇にぃ、あーん」

眞昼が察してくれたのか、焼き鳥の串を持って口に運んでくれた。

「うまい！」

が、気恥ずかしい。

「そろそろ未夜の出番か」

子供たちの部は一時間ほどで終わり、休憩を挟んでいよいよ本番、大人たちも交えての夜の部だ。

未夜は、前半は高校のクラスグループ、そして後半は町内グループに参加するそうだ。

「じゃ、またあとでね」

未夜と別れ、俺たちは町内のグループのところへ向かう。

父や母、未来さんなど、見知った大人たちが集まっている。未空たちの姿もあったが、すでにひと踊り終えているからか疲れ気味だ。

彼らは飲み物やお菓子などがぎっしりと載ったリアカーを囲み、飲み食いしながら開始を待っている。すでにビールを呷っている者——母含む——もちらほらいて、完全にお祭り気分である。それにしてもこういうイベント事は子供よりも大人の方が熱が入っているのはなぜだろう。

「あー、疲れた。もうへとへとなんだけど」

未空はぐったりとした様子で缶ジュースを飲んでいた。汗で前髪が張り付いている。その横で龍姫と芽衣が携帯ゲームで暇をつぶしていた。

「はっはっは、お疲れ様」

「お疲れー。もう帰りたーい。お風呂入りたーい」

まだスケジュールは半分も消化していない。宮おどりは午後八時まであるのだから。

「そういや龍姫ちゃん、お母さんは？」

辺りをきょろきょろ見回して眞昼が聞く。

「んー、ママ、今年は会社のグループの方を先に出るんだって」

「あ、そうなんだ」

眞昼と龍姫の母親は知り合いのようだ。人間関係というのは意外なところで繋がっているからなぁ。

午後五時を回ったところで、宮おどりの本番がスタートした。

「勇にぃ、未夜ちゃんたちはあっちの方らしいです」

「いっちょ応援に行こうぜ」

「そうだな、行くか」

町内グループから離れ、未夜たちのクラスの踊りを見学に行く。

「あっ、いた」

未夜のやつ、文句を垂れていた割には楽しそうに踊っているな。リズムにいまいち乗り切れておらず、一番下手だけど。こっちの視線に気づいたのか、未夜は照れ臭そうに一瞬下を向いたが、すぐに向き直ってウィンクをした。

西の空に日が沈んでいく。空の青はどんどんと濃さを増し、夕闇が周囲に立ち込めていくが、街を包む熱気と活気は衰えない。

後半になり、未夜が町内グループに合流した。

「未夜、見てたぞ。お前にはリズム感というものが備わってないのか？」

「う、うるさい。私だって一生懸命やってるのー」

「悪い悪い、分かったたって」

「全くもう」

空はすっかり暗くなり、星が瞬いていた。いつの間にか、俺たちも町内グループに飛び入り参加しており、久々に踊る宮おどりに俺は童心に返っていた。

「あれ？」

その時、肩を誰かにぽんぽんと叩かれた。

「ん？」

振り向くと、そこには目が覚めるような美女の姿が。全体的に線が細く、黒髪をまとめて肩に垂らしている。

「やっぱり、有月くんでしょ」

「はい？」

どちら様だ？

こんな美人、俺の知り合いにいたか？　見たところ俺と同年代のようだが……

「憶えてない？　私だよ私」

「ええと、すいません」

言いながら、俺は脳をフル回転させる。聞き覚えのある声だし、彼女も俺のことを知っているようだ。健康的に日焼けしたテニス少女の面影が目の前の美女に重なる。

「あっ!!」

「おお、思い出した？」

「お前、下村か？」

「当たり！」

「し、下村かよ」

「あはは、久しぶりだねぇ」

肩にかかった髪を撫でつけながら、光は穏やかな笑みを浮かべる。

下村光。

住んでいる地区も同じだし、小中高と同じ学校に通っていた仲だが、同じクラスになったのは高校二年と三年だけである。それまでは知り合いではあるけれどあんまり話したことはない、という間柄だった。

テニス部のエースにしてクラスのマドンナという校内カースト最上位の存在であり、その名の通り周囲に光を振りまくような明るい子だった。

「本当に久しぶりだねぇ、卒業以来だっけ」

「そうだな」

学生時代は日焼けしていた肌も今では白くなり、落ち着いた雰囲気をまとっている。うっすら施された薄化粧が艶めかしい。耳には金のピアスが輝き、記憶の中の同級生はすっかり大人の女に成長していた。下村組の文字が入ったハッピを着ており、頭には赤白のねじり鉢巻が。

「三月に帰って来たんだってね」

「知ってんのか？」

「たまに寄り合いでさやかさんに会って、話を聞くのよ」

「ああ、なるほど」

話し方も落ち着いていて、まるで別人と話しているようだった。

「ああ、そうそう。いつもありがとね」

「は？　何がだよ」

「世話になってるみたいで」

何のことを言われているのかさっぱり分からない。

「だから何が——」

その時、龍姫がやってきて光に抱き着いた。黒いポニーテールが小さく揺れる。

「ママ、遅いよー」

「ごめんごめん」

龍姫はきょとんとした顔を向けたが、きっと俺の方がきょとんとしていたことだろう。

ママオソイヨってなんだ？

桜の品種か？

競走馬の名前か？

「あれ？　ママと勇さん、知り合いなのー？」

「ママと同じ学校に通ってたのよ」

「へぇ、そうなんだー」

「ま、ま？」

ま、ま。

まま。

ママ？

「し、下村、まさか……龍姫(たつき)ちゃんって……」

頭をがつんと殴られたような衝撃を受けた。脳天から足の裏にかけて電流が走る。

「私の子なの」

……マジか。

5

祭りごとに打ち上げはつきものである。

区民館の一室には町内の連中が集まり、宮おどりの町内打ち上げが行われていた。テーブルの上には仕出し弁当や総菜、酒のつまみなどが並び、大人たちはそれらを肴(さかな)に缶ビールを傾ける。

子供たちは退屈しているかと思えばそうではなく、なかなか入る機会のない区民館を探検したり、大人に交じってお腹を満たしたり、仲のいい子同士でゲームをしたりと思い思いの方法でこの場を楽しんでいた。

「なんで十年も帰ってこなかったの？　同窓会にも来ないし」

「帰りたくても帰れなかったんだって。月に二日休めればいい方の特濃のブラック企業でさぁ――」

同窓会なんてあったのか。ああ、まあ、普通にあるだろうな。

「龍姫、ちょっといらっしゃーい」

ほろ酔いの光が娘を呼ぶ。未空たちと遊んでいた龍姫は面倒くさそうにやってくる。

「何、ママー」

母娘が並んで座る。なるほど、明るいところで見比べてみればたしかに二人はよく似ている し、龍姫は高校時代の光の面影がある。

「勇にぃ、龍姫ちゃんが光さんの娘さんだって知らずに遊んでたのか？」

眞昼が呆れたように言ってコーラを飲む。

「いやだって、誰もそんなこと言ってなかったし」

「苗字が同じでしょ」と未夜。

「でも下村なんてそう珍しい苗字じゃねーし、まさか娘とは……」

いや待てよ？　未空の同級生ということは、龍姫は小三の九才。俺と光は今年で二十九歳になる計算だから、高校を卒業した年に妊娠して二十歳で産んだのか。

光は龍姫を膝の上に乗せる。

「ママ、本当に勇さんと同じ学校だったの？」

「そうだよ」

「どんなだったのー？」

「そうね、今とあんまり変わんないかな」

「ふーん」

「そうそう、うちのメグミは高校の時に有月くんが拾ってきたのよ」

「えー！　そうなの!?」

見れば見るほどよく似ている。言われるまで気づかなかったが、一度そうだと分かると、露骨なくらいそっくりじゃないか。

「ねぇ、もういい？」

龍姫が子供たちのグループに戻っていく。

「旦那さんは俺の知ってるやつか？」

「……！」

そう聞くと、場が一瞬凍りついたように静かになった。

「ゆ、勇にぃ、それはあんまり聞かない方がいいって」

未夜が震える声で言う。

「はぁ？　なんでだ？」

「いいのよ、もう昔のことなんだから。旦那はね、いないの。龍姫を産んですぐに別れちゃった」

光はあっけらかんと言った。

「そ、そうなのか」

これはまずいことを聞いてしまった。光はシングルマザーなのか。

「本当にあの男は屑（くず）でどうしようもなくって」

光はビールをぐいぐい呷（あお）り、隣にいた未夜の肩に手を回す。

「ひ、ひぃ」

「未夜ちゃんもあんな男には捕まっちゃだめだよ。人生の先輩として教えてあげる」

「も、もうその話は五十回くらい聞いてるんですけど……うわぁああ、助けてぇ」

そうして光は未夜をずるずる引きずって酒と肴が豊富に残っている席へ移動する。

「光さんの前で旦那の話は禁句なんだよ。特にこういうお酒の席ではね。今回は未夜が犠牲になったか」

眞昼は恐ろしいものを見るように言った。

「勇にぃ、まだ飲みますか？」

「ああ」

横に座っていた朝華がビールを注いでくれた。それを一息に飲み干す。

「うぅ」

くらっとしてきた。

「大丈夫か？　あんまり飲みすぎんなよ」

眞昼が俺の顔を覗き込む。

「ちょっと外の空気吸ってくる」

夜風に当たって火照った体を冷やす。祭りの余韻が街に残っている。浅間大社の方角を見るとまだ少し明るく、笛や太鼓の音がかすかに聞こえた。

「ふう」

まだ頭が混乱している。

「子供、か」

そりゃそうだろう。もう三十を間近に控えたアラサーなんだ。子供がいてもおかしくない年齢。結婚をして、子供を産んで、育てて……

そういうことは自分にはまだ無縁のことだと思っていた。

光に子供がいたことに驚いたが、もっと驚いたのはそれにショックを受けている自分がいるということだった。別に光に好意があった、というわけではない。人としては好きだけれど、女性、異性として好きだったわけではない。なのにどうしてこんなショックを受けているのか……

なんというか、自分と同じ子供時代、青春時代を生きてきた人間が、もう親として次世代を見守る立場にいたことにショックを受けたのだ。

俺が東京で心身ともに疲弊するばかりで何も得るものがなかった十年で、光は子供を産んで母親として龍姫を育ててきたのか。

それに引き換え、俺はいまだに彼女の一つもできたことがない。人生経験の差をはっきりと見せつけられたような心地だった。

「はぁ」

俺もいつか、誰かと結婚をして、子供を儲(もう)けて、この街で育てていくんだろうか。そんなビジョンを想像してみるが、どうもリアリティがない。大人ではあるけれど、本当の意味で大人になり切れない。

恋愛経験の有無だろうか。

今は未夜、眞昼、朝華とわちゃわちゃしているのが楽しいけれど、いつの日か、あいつらもそれぞれ恋をして大人になって、俺のもとを去っていくのだろう。

そう考えると胸の奥がずきっと痛んだ。

中に戻ると、未夜がやってきた。

「勇にぃ」

「話は終わったのか？」

「おばさんが割って入ってきて、その隙になんとか抜け出してきたよ。光さんのあの話はほんとに長くて暗くて重くてーで、気が滅入っちゃうんだもん」

母と光が酒を飲みながら何やら熱く語っていた。

「勇にぃってさ」

「あん？」

未夜は神妙な表情になって、

「もしかして……光さんのこと好きだった？」

「はぁ？」

「いや、なんかショック受けてたみたいだったから」

「んなわけねぇだろ。自分と同世代のやつにもう子供がいるってことがなんかショックだっただけだよ」

「そ、そっか」

未夜は顔をほころばせる。

その日の打ち上げは午後十一時まで続いた。

クソガキは掘りたい

1

「ほら、みんな一列になって、白い線から出ないように」

「はーい」

歩道をアリの行列のようになって進む一年生たち。赤白帽と体操服を身につけ、足元は持参した長靴を履いている。背中にしょい込んだリュックサックにはお弁当や軍手、タオルなどが詰め込まれており、すでに疲れ顔の生徒もちらほら。

「眞昼、朝華、誰が一番たくさん掘れるか勝負しよう！」

「未夜ちゃん、やる気満々だね」

「私、さつまいも大好きだもん」

「あたしは今日のために朝ご飯いっぱい食べてきたぞ」

眞昼は棒のような腕で力こぶを作って見せる。まるでないが。

「いっぱい取れたら勇にぃにも分けてあげよう」

「いいね」

「そうしよう」

からりと晴れた十月下旬、この日は生徒たちが待ちに待ったさつまいも掘りが行われる日である。

未夜たちが向かっているのは小学校から徒歩十分ほどにある畑。春頃に植え付けを行ったさつまいもが収穫時期を迎える秋の中頃に、一年生の遠足を兼ねたさつまいも掘り大会が催されるのが恒例行事となっていた。

「前から車来たよ、みんなストップ」

たかだか十分といっても、百人近い低学年の生徒を連れての移動は危険を伴う。先生にとってもとても大変な一日である。

やがて一行は畑に到着する。

引率の教師の指示に従い、クラスごとに整列。そして畑の管理人からさつまいも掘りのレクチャーや注意事項等の説明を受ける。

「ガシガシ掘ってはいけません。お芋に当たると傷ついて、美味しくなくなっちゃいますから。優しく、できれば手で掘るのがいいですねぇ。モグラさんの手になって外側からちょっとずつ土を掘ってください。お芋が見えたら、ぐっと腰を落として引っ張りましょう」

「はーい」

そしていよいよ畑へ。

軍手を装着し、バケツを持ってクラスごとに割り振られた場所へ向かう。まっすぐ続く畝の前にしゃがみ込む。

「モグラさんの手、モグラさんの手」

朝華は優しく土をかき分けるも、なかなかさつまいもは見えてこない。

「おらっ」

眞昼が貫手の形に伸ばした指を叩きこむ。

「ま、眞昼ちゃん、おじさんが優しくって言ってたよ」

「朝華、甘やかしちゃいけないぞ。甘いのはさつまいもの味だけで十分。おりゃっ」

「大丈夫かなぁ」

とはいえ、そこは小一女児の腕力。普通に掘り進めるのとたいして変わらなかったりする。

「おりゃおりゃおりゃおりゃ」

子供たちの膝やももが土で汚れていく。

「あっ」と未夜が叫ぶ。

「芋か？」

末夜は小指ほどのうねうね動く白い生き物を摘み上げ、

「へへ、なんかの幼虫だった」

「うわぁ」

「きゃあっ」

「そんなに怖がんなくても」

さつまいも掘り開始から五分ほど経過し、芋を掘り当てる子供たちが出始めた。

「見つけたー」

「やったー」

「うんしょっ」

「でっけー」

「あたしたちも負けてられないな……おっ」

やがて眞昼は指先に手ごたえを感じた。

「おお、おお」

「眞昼ちゃん、それお芋じゃない？」

「やったじゃん」

赤紫色の突起が土の中から現れた。三人で慎重にその周囲の土を掘り進め、露出した部分が大きくなると、眞昼は腰を落として、

「ぐ、うおお」

「眞昼ちゃん、頑張れ」

すぽんと一つ抜けるとそれに続いて同じつるのさつまいもがすぽぽぽんと引き抜かれた。勢いあまって、眞昼は後ろの畝に尻もちをついてしまった。

「いてて、おっ、三つも取れたぞ」

サイズとしては小ぶりながらも、その達成感は大きい。

「すごい、眞昼ちゃん」

「私はもっとでかいの掘ってやるぞ」

「私も頑張る」

そうしてクソガキたちはさつまいもを掘り当てていく。

先が細くなったもの、こぶのついた歪(いびつ)なもの、楕円形(だえんけい)の丸っこいものなどなど、多様な形のさつまいもがバケツを埋め尽くしていく。

「うわ、なんだこれ、全然抜けない」

未夜が声を上げる。露出した部分を両手で摑(つか)み、渾身(こんしん)の力で引っ張るもまるで地面をそのまま引き上げているような感覚であった。

「朝華(あさか)、手伝ってやろう」

「うん!」

未夜の腰を眞昼が引っ張り、眞昼の腰を朝華が引っ張る。『おおきなかぶ』のように、三人で力を合わせること数十秒、

「うわっ」

ついにさつまいもは土から抜き取られ、三人はドミノ倒しのように畑に倒れ込む。

「すごーい」

掘り当てたのは未夜の顔よりも長くて腕よりも太い、反り返った赤紫色の芋。間違いなく、今日一番の大物であった。

「で、でけぇ」

「おっきいぃ」

「見て、私の顔より大きいよ」

未夜は巨大さつまいもを顔にくっつける。

「これ勇にぃに見せたらびっくりするだろうな」

「未夜ちゃん、私にも持たせて」

「いいよ」

「お、重い」

「朝華、次はあたし」

こうしてさつまいも掘りを楽しんだ生徒たちは、お昼休みにさつまいも入りの味噌汁(みそしる)を

お弁当と一緒に食べ、午後は近くの公園で遊んだ。

2

「あらー、すごいわねぇ」

　さやかはテーブルに並べられたさつまいもを見て感嘆の声を上げた。掘った芋は生徒が持ち帰ることができ、その一部を〈ムーンナイトテラス〉におすそ分けに来たのである。

「みんなで掘ったの？」

「「「うん」」」

「疲れたでしょう。ジュースとお菓子で体力回復していきなさい」

「あ、そうだ、おばさん、この芋はね、まだ料理しちゃダメなんだよ。じゅくせーさせないといけないって言ってた」

　未夜はうろ覚えの注意事項を伝える。

　そう、さつまいもは収穫後、一定の温度湿度で寝かせて熟成させることによりでんぷん質が糖化し、甘くなるのだ。そんなことはすでに了解済みのさやかであるが、クソガキたちの顔を立て、初耳のふりをする。

「へえ、そうなの。じゃあスイートポテトにするのはもうちょっと先ね」

「なんだおめぇら、何を騒いでんだ」

「「「勇にぃ」」」

ちょうど有月が帰宅する。

「なんだ、芋かよ」

テーブルの上に並んださつまいもを一瞥する。男子高校生にとって、さつまいもとは魅力のかけらすらも感じない一品である。

「私たちが掘ったんだぞ」

「すごいだろ」

「勇にぃにもあげますね」

「……あー、すごいすごい、サンキューな。だからお前らそんな泥だらけなのか」

そう言って荷物を置きに二階へ向かう有月。さつまいもではいまいちテンションが上がらない。

「ふふふ、これなんかもっとすごいぞ」

未夜は例の大物を手に取り、有月を追いかける。

悲劇は、三つの不幸によって引き起こされた。

一つに、巨大さつまいもが重く、バランスが崩れたこと。

一つに、腰をかがめてのさつまいも掘りで思いのほか下半身に疲労が溜まっていたこと。

そして──

「わっとっと」

バランスを崩し、前方に倒れ込む未夜。その先に待ち受けるは有月の臀部。手に持った巨大さつまいもが導かれるようにして突き立てられる。

一つに、それは位置関係だった。


ずぷり。


男子高校生の下半身と小一女児の目線の高さが引き起こした悲劇。

「ぐわぁあああああああああ」

有月の咆哮が店内に響いた。

クソガキは出てこない

1

富士山を迂回しながら国道139号線を山梨方面に進む。この辺りは高原が広がっていて、牧場やキャンプ場などのアウトドアレジャーの施設が充実している。

「もうちょっとで着くな」

「あんまり早く着きすぎてもねぇ」

父の車は本当によく揺れる。ちょっと気持ち悪くなってきたぞ。外の景色でも眺めよう。

西側に連なる山々を見やれば、空を滑るパラグライダーの群れ。東側には富士山が。この方角から見る富士山は縦に割れたような跡がある。これは大沢崩れといって、侵食作用によって長い年月をかけてできた深い谷だ。頂上部からえぐるようにしてまっすぐ刻まれた谷は、今も少しずつ侵食が進んでいるらしい。

見る角度によってその趣きも変わるのが富士山の面白いところであり、富士山を間近に見ることのできるこの街の特権だ。

今日は街の北西部にある母方の祖父母の家に向かっていた。曽祖父の十三回忌である。

曽祖父は俺が幼稚園の頃に亡くなり、葬式にも参列した記憶がある。が、憶えているのはそれだけでどんな顔だったのかも正直曖昧だ。曽祖父が存命だった頃、よく遊んでもらったらしいが物心つく前のことなのでこれもまた憶えていない。幼稚園時代の記憶なんてそんなものだろう。

唯一鮮明に憶えているのは、火葬場で骨になった曽祖父を見て泣き喚いたことだけ。

林の中の道へ折れ、道なりに進む。まもなくして、純和風の屋敷が見えてきた。お盆に親族で集まって以来だ。すでに黒ずくめの親族がちらほら外にいた。

「おお、勇でかくなったなぁ」

「どうも……って盆に会ったでしょうが」

同じ町に住んでいるのに年に数回会うか会わないかの関係である。それなのに切っても切れない縁で繋がっているから親戚って不思議だ。

祖母が出迎えてくれる。白髪交じりの短い髪に、度の強い老眼鏡をかけている。

「いらっしゃい」

「たっだいまー」

実家だからか、母のテンションが少し高めだ。

色あせた畳、くすんだ障子にざらざらとした砂壁。板張りの廊下は歩くと時折軋んだ音が鳴る。壁の上には先祖の写真が飾られており、時代に取り残された古い匂いに満ちているが、決して不快ではない。そこに線香の匂いが交じり、なんとも言えない気分になった。

お昼前になり、親族がぞろぞろ集まり出した。

大広間を埋め尽くす人、人、人。それにしても多いな。ざっと見ただけで、四十人以上はいるぞ。見知った顔もいるにはいるが、中には初めて会うのではないか、と思ってしまうような人もいた。

「あらぁ、勇ちゃんいい男になったわねぇ」

「はは、どうも」

恰幅のいい中年女性が話しかけてきた。この人は母の妹――すなわち叔母さんだ。遠方に住んでおり、会うのは数年ぶりだった。

「もう彼女はできた？」

「へ？　あ、いや」

「そりゃあいるわよねぇ。鼻筋がぴんと通って素敵だもの。お母さんによく似てるわぁ」

「あはは」

言いたいだけ言って、叔母さんは別の人のところへ行く。

故人を偲ぶ、という空気はあまり感じられない。むしろ久々の再会に喜んだり近況を話し合ったり、といった同窓会のような空気だ。

まあ他人同士じゃないのだから、気を楽にしていよう。年の近い――といっても成人しているが――従兄を見つけたので、子供時代の思い出に花を咲かせた。

「お前ひいじいちゃんによく泣かされてたなぁ。憶えてるか？」

従兄はオールバックにした長髪を撫でつけながら言った。

「いや全然」

「この家の二階でお化け屋敷ごっこしてさぁ、後ろから捕まえられて大泣きしてたんだぞ」

「そういえば、そんなこともあったような」

「そうそう、俊(しゅん)さん来てるか？」

「来てるよ」

「クルマ買い換えたからいろいろ教えてもらおうと思ってさ。やっぱ86はチューニング前提のクルマだしよ」

「あ、そう」

車の話はよく分からん。そうこうしているうちにお坊さんが到着した。

2

もしかすると、法事の真の目的はこれなのかもしれない。

酒気の混じった笑い声に包まれた大広間。お坊さんによる読経と焼香を早々と切り上げ、一同は大広間に集まった。卓上に並ぶ豪勢な料理に空き瓶の山。顔を赤くした人々が大声で他愛もない話をする。厄介なことに、母方の親族はうわばみの集まりである。酒に弱い父はあっという間に撃破されてしまった。

「おう、勇。飲んでるか？」

「いや俺、高校生だから」

祖父の弟——大叔父が絡んできた。

「ばっきゃろ。おいらたちの時代にゃ中学でもう酒豪って呼ばれてたもんだ」

「こら、勇に絡むんじゃないの」

叔母さんが大叔父の耳を引っ張り、母のいるテーブルに連れていく。あそこが一番魔境だ。

「はぁ、トイレ行こ」

未成年にとって酒の席ほどつまらないものはない。周りは年の離れた大人ばかりだし、酔っ払った勢いでわけの分からない絡み方をされる。親族だからか、その絡み方にも遠慮がなくなるのだ。頼りの親も、父は潰れているし母は酔っ払い軍団の先頭を突っ走っている。

ここは素直に退散するに限る。

用を足し、空いている和室に入った。テレビでも見て時間を潰していよう。それとも今日は泊まりなのだから、先に風呂でも入ろうか。

「ん？」

和室には先客がいた。

「おー」

従妹の幼稚園児だ。イギリス人の母を持つハーフで、綺麗な金髪と蒼い瞳も相まって人形のようである。母親譲りの整った顔立ちと愛くるしさに、将来はとんでもない美少女に成長するだろうな、と親戚の間では噂(うわさ)されている。

この子は東北の方に住んでおり、正月やGW、夏休みなどの長期連休を利用して帰省してくる。右手にクマのぬいぐるみを抱きしめ、畳の上にうつぶせになってお絵描きをしていた。

宴会に飽きて抜け出してきたのだろう。今現在、酒が飲めないのは俺とこの子だけだ。

「ゆぅ、つまんない」

たどたどしい声で彼女は言う。

「な。酒なんか飲んで何があんな楽しいのかね」

「酒、飲まないの？」

「俺はまだ二十歳じゃねぇからな」

「ゆぅ、腹減った」

「なんだご飯食ってねぇのか？　じゃあ戻るか」

従妹はふるふると首を振る。どうやら知らない大人が大勢いるのが苦手なようだ。

「んー、じゃあちょっと待ってろ」

仕方ない、料理を持ってきてやろう。そうして大広間に戻ると、今度は伯父が酒臭い息を吐きながら大真面目な顔をして、

「おおい、勇、聞いたぞ。お前まだ彼女いないんだってな？」

「うるせぇ」

「いかんぞ、二十歳までに童貞卒業しないと、卒業までの道程が長くなるぞ」

「うるせぇわ！」

「あっはっは」

「上手い！」

「座布団一枚！」

こいつら、もう出来上がってやがる。

酔っ払いの戯言は真面目に聞くだけ時間の無駄だ。俺は空いている皿にからあげやミートボール、果物など子供の好きそうな食べ物を集めてそそくさと戻った。

「ほらよ」

「うまーい」

料理をたいらげると、従妹はぐっと伸びをして、

「ゆぅ、馬乗りたい」

「馬？」

「馬」と従妹は俺を指さす。

「……」

「走れ、走れー！」

俺は尻をぴしゃりと叩かれ、背中の従妹を落とさないように注意しながら室内を駆け回る。

「もっと速く！」

「ひ、ヒヒーン」

十五分ほど馬として走り回った。終わる頃には息も切れ切れで、膝がじんじんと痛んだ。

「ゆぅ、ゲームしたい」

「ああ……いいぞ」

ようやく馬役から解放された。この家に唯一存在するゲーム機のスーファ○をテレビに繋ぐ。

「何がいい？」

「ムキムキのやつ」

しばらくの間ファイ○ルファイト タフで遊んでいると、いつの間にか従妹のキャラクターが動かなくなっていた。見ると彼女は眠ってしまっている。短い手足を折り畳み、丸まっているのが愛らしい。

しばらく一人でゲームを続けていると、後ろの方から戸を開ける音がした。

「あっ、こんなとこにいた」

叔父が顔を覗かせている。

「いやぁ、悪いね、勇くん、子守させちゃって」

「がきんちょの扱いには慣れてますから」

普段からクソガキどもを相手に孤軍奮闘している俺にとってこの程度は屁でもない。

叔父は娘の顔を優しくはたいて、

「ほれ、起きな。寝るならお風呂に入ってからだよ」

「うにゅ」

「夕陽、起きなさいって」

「ゆぅ、眠いの」

「だから寝るならお風呂入ってからっ」

「あはは」

こうして外神家の夜は更けていく。

第四章 ……… 昼間に月は浮かばない ………

1

「んっふっふ～、可愛いな～」

テーブルの上をちょこちょこ歩くカブトムシ。雄々しく反り返った角、こげ茶色の重厚なボディ、太い脚がたくましい。

「ずっと見てられるかも」

子供の頃からカブトムシが好きな私は毎年夏になると街はずれの林でカブトムシ採集をするのだ。この子は今日の朝早く、父にその林まで連れて行ってもらって捕まえた。

「おねぇ、起きろ……あれ？　もう起きてる？」

八時過ぎ、ラジオ体操から帰った未空が私を起こしにやってきたが残念、今日はすでに起きているのだ。

「あ、未空おはよう」

「おはよ、何、今日早いじゃん……うわっ」

未空はテーブルの上に視線を落とすと、ばっと一歩あとずさる。

「な、な、何それ」

「何それって、カブトムシだよ。さっき捕まえてきたの」

「またか……ってかなんでケージから出してんのさ。ちゃんとケージに入れといてよ」

「大丈夫だって。窓も閉め切ってるんだから、あっ、ドア閉めてね。未空も見る？　可愛いよ」

「いやいい、キモい」と冷ややかな声。

「キモくないよ、可愛いよ？」

「キモい。キモすぎる」

全く、これだから現代っ子は貧弱で困る。

「自由研究の題材にしていいよ？　お姉ちゃんなんか毎年カブトムシの観察日記作ってたんだから」

私はカブトムシを摘み上げ、未空の顔に近づける。

カブトムシの何が可愛いって、森の中だと最強の昆虫の王様のくせして、こうやって摘み上げるとあわあわと足を動かして暴れるのが最高に可愛い。

「ほらぁ、可愛いでしょ」

「ひ、ひぃ」

未空は弾かれるように後退する。

「そういう意味じゃないんだけど……あっ、そうだ。勇さん、着替えたらすぐ来るって言ってたから」

「だよねぇ、ゴキブリもカブトムシのメスもたいして変わんないよねぇ」

「いらないからそんなの、ゴキブリと何が違うのさ」

「大げさな」

「ちゃんとしまっておかないと、逃げ出されちゃうからね」

「勇にぃ？　ああ、はいはい」

そう言って未空は出ていった。

そうだった、今日は勇にぃがうちに遊びにくるんだった。

二人で共作している推理小説のだいたいのプロットが出来上がったので、勇にぃに見てもらうために私が呼んだのだ。二人でアイデアを出し合い、ようやくここまでこぎつけた。

勇にぃと一緒に何かを作るっていうのは子供の時以来だったから、二人でアイデアを煮詰めていく作業は童心を思い出してとても楽しかったし、勇にぃと二人きりでいられることも嬉しかった。

ちなみに勇にぃは創作初心者だからプロットと文章は私が担当することになっている。

「えっと」

私はテーブルの上にカブトムシを置き、創作ノートとノートパソコンを取るために机に向かった。

　あのカブトムシもケージに入れておかなきゃ。勇にぃはカブトムシ、というか虫全般が苦手だからなぁ。そういえば昔、顔にカブトムシが張り付いたくらいで気絶したこともあったっけ。あの時は本当に面白かった。昔懐かしい夏の思い出に私は顔をほころばせる。

「ほら、おうちに帰るよー……ん？」

　そうして振り向いた私の目には、何もないテーブルだけが映った。

「え？……あ、あれ？」

　首筋に冷や汗をかく。

「……」

　たしかに私はカブトムシをテーブルに置いたはず。それから机の前に行って、ノートやパソコンをテーブルに運ぼうとした。その間、だいたい十秒弱……

「うそでしょ？」

　たった十秒目を離した隙に、カブトムシがいなくなっちゃった。

「あわわわわ」

　私はテーブルの下を覗くが、そこには何もない。

「どこ？　どこ行っちゃったの？」

　クッションを持ち上げてみるがいない。ベッドに目を向け、シーツや枕、掛け布団など、片っ端からどけてみるも、カブトムシの影すらない。

「ええ……」

ま、まずい。

勇にぃが来るまでになんとか見つけ出さないと。勇にぃがカブトムシと鉢合わせでもしたら、また気を失っちゃうかも……

幸い、ドアも窓も閉め切ってあるので、脱走の心配はない。あの子は確実にこの部屋のどこかにいる。ベッドの下を覗き込む。

「うーむ、いない」

私はベッドの上に立ち、背伸びをした。できるだけ高い視点から部屋を見回す。手のひらサイズの生き物が動けば必ず目に留まるはずなのだ。

しかし視界の中で何かが動く気配はない。耳を澄まし、足音を感じ取ろうと試みたが、それらしい物音は聞こえなかった。

やつめ、今はどこかの陰にじっと隠れているようだ。狙われていることを察知したのか？

やがて、聞きなれたエンジン音が外から聞こえてきた。

「あっ、来ちゃった」

勇にぃの車の音だ。これはまずいぞ。私は急いでケージをベランダに出した。

「あらぁ、勇くん」という母の声が階下から聞こえる。その数秒後、勇にぃがドアを開けた。

「来たぞ、未夜」

「あ、うん、勇にぃ、おはよ」

「なんだ？　なんか汗かいてるぞ？」

「へ？　ああ、いや、夏だし、暑くって」

「冷房ガンガンじゃねーか。大丈夫か？」

「大丈夫、大丈夫」

勇にぃはテーブルとベッドの間のクッションに腰を下ろす。

「いやぁ、それにしても昨日は驚いたなぁ。まさか下村と龍姫ちゃんが親子だったなんて」

「はは、そうだねぇ……っ！」

や、やばい。よりによって勇にぃがやってきた直後に姿を現すとは……

戸口の横の本棚の三段目――海外ミステリコレクションのエリア――にあの子がいた。

勇にぃがちょっと左を向けば、すぐに見つかってしまう。距離にして約一メートル。

お、落ち着け、私。居場所は把握できたんだ。あとは捕まえるだけじゃないか。そう、勇にぃに見つからないように、静かに、ゆっくり。

「ってかお前、寝相悪すぎだろ。ベッドめちゃめちゃじゃねーか」

「え？　いやこれはちょっと訳ありで……そんなことよりはい、勇にぃ、さっそくだけど」

私はノートパソコンを勇にぃに預け、ワードに書き起こしたプロットを見せる。

「サンキュー」

「とりあえず、事件発生から解決までの流れを作ってみたよ」

「ほうほう」

勇にぃは真剣な面持ちで画面を見つめている。今のうちだ。勇にぃの視線がパソコンに集中している隙に、さっさと捕獲してしまおう。

私はさりげなく本棚の方へ移動する。

よしよし、あの子は今『ローマ帽子の謎』の前にいる。そのままじっとしていなさい。

カブトムシを刺激しないようにゆっくり近づく。さっと摘み上げて、勇にぃの目に触れないようにベランダに出て、ケージにしまう。たったこれだけのこと。

その時、私の右側頭部にドアがぶつかった。

ゴンッ。

「ぐほっ」

「勇くん、お茶飲む？　ちょっと未夜、ドアの前で何してるの」

母が飲み物を運んできたようだ。

「っつ～」

「あ、いただきます」

「痛たた……」

「未夜は相変わらずドジだな」

もう、誰のためにこんな努力をしてると思ってんの。相変わらず鈍感なんだから。

勇にぃは今の騒動の方に気を取られ、本棚のカブトムシには気づかなかったようだ。

いい子、いい子。そのまま、そのまま……

私は痛みを我慢しながら這うようにして本棚に向かう。

あと一メートル。

あと五十センチ。

あと三十センチ。

その時、カブトムシと目があった――ような気がした。

嫌な予感が私の胸を打つ。

お願いだから、そのままじっとしてて。

ブオン、と羽が開く。

そして、彼は飛び立った。

「なんだ今の音……おわぁ!!」

「あわわわわ」

空中を飛び回るカブトムシ。勇にぃは突然のことにパニックになったようで、驚き顔のままわたわたしている。

「な、なんでこんなとこにカブトムシが」

当然のツッコミだ。

「こら、下りてきなさい」

私はベッドの上に乗り、カブトムシを追う。

円を描くように旋回していたカブトムシは突如降下し、勇にぃの方へ向かった。

「うわ」

「きゃっ」

勇にぃが反射的にベッドの方へ飛び移り、そこにいた私に後ろから抱き着く。強い力で私は抱きしめられる。そして、勇にぃの顔がすぐそばに。

あ、なんかいい匂いする。腕もごつごつしてるし、なんか懐かしい感じ……

「って、勇にぃ、どこ触ってるの」

私の胸に手が当たっているが、勇にぃはそれどころじゃないようでいっそう強く抱き着いてくる。

「ああ、もう……ひゃっ」

「未夜、早く捕まえてくれ」

「だからまずは私を離してって」

勇にぃの手が私の体を這う。

「ひゃあんっ」

「うおおお」

勇にぃを落ち着かせ、カブトムシを捕まえるまでそれから十五分かかった。

2

開店して間もなく、からんころん、と呼び鈴が鳴る。

「いらっしゃいませー」

本日最初のお客さんの応対に向かうと、そこには下村光がいた。白いブラウスに薄い色合いのジーンズ。腕には日焼け防止用のアームカバーをはめている。

「おう、下村か」

「頑張ってる？　有月くん」

「私もいるよ」

光の陰から龍姫がひょこっと現れる。

「龍姫ちゃんも一緒か」

プ〇キュアのイラストが描かれた帽子をかぶり、黒いTシャツに短パンといった活発な装いだ。リュックサックを背負っているところを見ると、どこかに遊びに行く途中なのだろうか。下村親子はカウンター席に落ち着いた。

「久しぶりに来たかも」

龍姫はきょろきょろと店内を見回す。

「はいお待ち」

光にサイダー、龍姫にコーラを出す。

「ぷはぁー、うぅん……けほっ、やっぱこれだなー」

龍姫は勢いよくコーラを飲み、ちょっとむせる。

「もう、おバカな飲み方しないの」

「はーい」

優しくたしなめる光の姿は母親のようだ。いや母親だったか。一昨日(おととい)の宮おどりでこの二人が親子だと知ったが、その衝撃はまだ体から抜けていない。

一息つくと、龍姫はリュックの中からスケッチブックを取り出した。

「あら、龍姫ちゃん何それ」

母がカウンターの中から身を乗り出す。

「これー？」

「自由研究なのよ。ね？」

「そう、この街の紹介地図を作ってるの」

自信満々にスケッチブックの一ページ目を見せる龍姫。そこにはカラフルな文字で『私たちのまち、富士宮』とある。

「地図？」

「白糸の滝とか、まかいの牧場とか、浅間（せんげん）さんとか、いっぱい見てきたの」

ページをぱらぱらめくってみせる。それぞれの観光名所のページは写真やパンフレットの切り抜きなどが貼りつけられ、龍姫の感想文などが淡い色鉛筆で書かれていた。余談だが、地元民は浅間大社のことを浅間さんと呼ぶ。

「昨日は奇石博物館行ってきたよ」

「へぇ、じゃうちも紹介してもらおうかしら」

「うん、そのために今日は来たの。〈ムーンナイトテラス〉も載せていいですか？」

「もちろんよ、ね？」

母が視線を送ると、父は微笑を浮かべて頷（うなず）く。

「やったー、ありがとうございます」

その後、龍姫は店の外観や内装の写真を撮り始めた。

「なかなかすごいことやってんだなぁ」

自由研究ってここまでガチでやるものだっただろうか。昔を思い返してみる。俺がやってたのはたしかミニトマトの鉢の観察日記とか、ガン〇ラの工場見学の感想だったっけ。

「遊びに行くついでに宿題もできて一石二鳥なのよ」

なるほど、自由研究を建前に様々な場所に遊びに連れて行ってもらうことができるのか。龍姫め、なかなかのやり手だな。

「なるほどなぁ」

「今日はこのあと世界遺産センターに行くのよ」と光。

「ああ、あのでかい建物か。俺、あそこ入ったことないんだよなぁ」

俺が東京に行っている間に富士山が世界遺産になり、そのことを記念する建物まで建造されていた。ちなみに、富士山が世界遺産に認定されたことを俺が知ったのは帰郷してからでその時はたいそう驚いたものだ。

「有月くんが東京に行ってる間に建てられたものだからね。よかったら一緒に行ってみる？」

「え、勇さんも行くのー？　わーい」

「いいのか？」

「まだお客さんも来ないし、行ってきてもいいわよ」

母の許可が下りたので、俺は下村親子と共に店を出た。

街の中心部、浅間大社の南にその珍妙な建物は建つ。逆円錐の上に正方形の板を乗せたような外観は逆さ富士を表しているようで、手前に張られた水に建物が映り込むと富士山の形に浮かび上がるという設計になっているらしい。道路に面したところには巨大な鳥居があり、迫力満点だ。

龍姫は建物の外観をひとしきり写真に収めていた。

聞くところによると、その竣工は二〇一七年。その頃を振り返ってみても、特に思い出はないな。というかこの十年、どの年も働くことばかりに時間を奪われていたため、イベントに縁などない、変わり映えのしない毎日を送っていた。

中に入り、入場料を払ってチケットとパンフレットを貰う。子供は入場無料だった。

「ほう、なんかすげぇな」

屋内にも巨大な円錐があり、ゆるやかなスロープがその中に続いている。

「よーし、行くぞー」

龍姫を先頭に、俺たちはスロープを登る。中は薄暗く、螺旋状になっていた。

「おおう」

右手の壁にプロジェクターの映像が映し出されている。

「ほら龍姫、海から見た富士山ですって」

数秒ごとに映像が切り替わり、様々な場所から見た富士山の姿を拝むことができた。上に進んでいくと、やがて森の風景が映し出されるようになる。

「ほー、いい雰囲気じゃん」

鳥の鳴き声がどこからか聞こえてくる。なんだか本当に山の中を歩いている気分……なるほど、こうやって富士登山を疑似体験できるわけか。面白いコンセプトだ。

館内は写真撮影禁止のため、龍姫は薄暗い中、メモを取りながら鑑賞していた。

「勇さんは富士山に登ったことある？」

「頂上まで行ったことはないけど、あそこ、宝永山（ほうえいざん）までなら小学校の時に登ったよ」

ボーイスカウト——小三から小五まではカブスカウト——に所属していた俺は、毎年夏になるとスカウト団のキャンプに参加し、富士山五合目から宝永山の火口まで登らされていた。

「宝永山って右側のぴょこってなってるとこ？」

「そうそう」

「へぇ、すご」

「ママは山頂まで登ったことあるけどねぇ」と光。

「張り合ってくるんじゃねぇよ」

「あはは」

やがて風景は森林限界の厳しい環境に変わる。ごつごつした岩肌や眼下の雲を望む展望に富士宮市の夜景など、登山者でなければ見ることのできない景色が映し出された。

そして、やがて山頂へ。

「ゴール」

広い空間に出た。椅子があり、自販機もあるので少し休憩したい。

「あっ、そこから出られるみたい」

北側のガラス張りの壁の向こうは屋上テラスとなっており、雄大な富士山が望める。龍姫と一緒に外に出ると容赦のない午前の日射し（ひざし）が降りかかってきた。

観光客らしき人々がその姿を収めようとカメラを構えている。疑似富士登山を終えた観光客を本物の富士山が出迎える、という趣向のようだ。

が――、

「イ〇ンの屋上から見た方がよく見えるね」

子供は思ったことがそのまま言葉になる。

「こ、こら、龍姫！」

「ははは、まあ気持ちは分かるかな」

富士宮市民は街のどこからでも富士山を見ることができる環境にいるせいか、いまいちそのありがたみが分かっていない。

龍姫は飽きたのか、それとも外の日射しが暑かったのか、パシャリと一枚富士山を写真に収めただけで中に戻ってしまった。

「ママー、ジュース買っていい？」

「いいよ」

光が財布を持って龍姫を追う。俺はもうしばらくここで眺めていよう。濃い青色の山肌、宝永山の辺りに雲がかかっており、特徴的なでっぱりが隠されていた。

「おーい、勇さん」

龍姫が駆け寄ってくる。

「おっとっと」

バランスを崩したのか、すぐ目の前で前のめりになったので支えてあげる。

「大丈夫か？」

「えへへ、ありがと。はいこれ」

龍姫は手に持っていたお茶を一本差し出す。

「え？　いいのか？」

「うん、ママがあげてこいって」

「ありがとう。そうだ、富士山をバックに写真撮ってあげるよ」

「いいの？」

龍姫は屋上のフェンスぎりぎりに立ち、顔の横でピースを作った。何枚かカメラに収めると横にいた高齢の婦人がこちらを向いて、

「元気な娘さんですねぇ」

「へ？」

俺と龍姫は二人してぎょっとした顔をする。親子に見えていたのだろうか。

「いや、違うんですよ、この子は——」

俺が説明しようとすると、龍姫が俺の声を遮るように、

「パーパ、なんちゃって」

「ちょっ、龍姫ちゃんまで」

「へへ」

龍姫は照れ臭そうな顔をしてカメラを受け取り、中へ戻ってしまった。

「パパって……」

生まれて初めてそんなことを言われた。冗談だということは分かっているけれど、気恥ずかしいというかむずむずするというか、なんだか変な気分だ。光とは同い年だから、龍姫くらいの子供がいてもおかしくはない年齢だけど。

俺も中に戻り、二人と合流する。龍姫はにやにやしながらメモに今日の感想を書き込ん

でいた。

「あ、下村、お茶のお金払うよ」

「いいのよそれくらい。それより、外で何話してたの？」

「えと」

見られていたのか。たしか旦那の話はＮＧだったな。俺は適当な言い訳を考える。

「まだまだ暑いですねぇみたいな話を——」

「勇さんのことー、パパって勘違いしてた」

「ちょっ、龍姫ちゃん」

さすがの光もぎこちない笑みを浮かべて、

「そ、そうなの、あはは。なんだかごめんね、有月(ありつき)くん」

「俺は別にいいんだけど」

「そう？」

空気が気まずくならなかったのでよしとする。その後、一階にあるカフェで軽食を摂(と)ってから帰った。

＊

　どこへ行くにも友達か母親と一緒だった。

　日常生活の中に母親と同年代の成人男性がいたことがなかった。祖父は父親という感じではないし、母の会社の男の人はなんだか顔が怖い。父親がいなくても十分幸せに生きてこられたけれど、今日はなんだか新鮮な感じがして楽しかった。

　パパがいるってこんな感じかな、と龍姫は思った。

3

『やだぁ、あたし、いい子にするから、いかないで！』

　顔を涙でぐしゃぐしゃにしながら、あたしは勇にぃの手を引っ張る。未夜（みや）も朝華（あさか）も、同じように顔を濡（ぬ）らして勇にぃにくっついている。声を張り上げ、必死で勇にぃを引き留めた。

『もういたずらしないからぁ、お願いだからいかないでよぉ！』

　子供の貧弱な力では勇にぃを引き留めることはできない。

『いやだ！　いやだ！』

『必ず、帰ってくるから』

　勇にぃがそう言ったのとほぼ同時に、目が覚めた。

「うぅ、夢か」

上半身を起こし、日が差し込む窓に目をやる。全身にどっと寝汗をかいている。いやな夢を見たからだろう。久々に見たな、あのお別れの日の夢は。

「ふわぁ」

ベッドから降り、着替えとバスタオルを持って浴室へ。熱いシャワーを頭から浴び、今しがたの悪夢を振り払う。今さらあんな夢を見るなんて、どうかしてる。もう勇にぃは帰ってきてくれたんだからいいじゃないか。

「……勇にぃ」

胸の奥がじんと熱くなる。大事なものは、失って初めて気づくものだ。お別れの日以降、ぽっかりと心に穴が開いたような感じで何も手につかなくなった。何をしていても上の空で、勇にぃのことを考えていた。でもそうして勇にぃのことを考えていると今度は悲しくなってしまうから、それを振り払って別の何かに集中しようとするけど、それもできなくてまた勇にぃのことが頭に浮かぶ。

悲しくて、寂しくて、勇にぃがいなくなってしばらくの間は、本当に毎日を生きていくのが苦痛だった。そして何より苦しかったのが、勇にぃが上京してからあたしはあの人のことが好きだと気づいたことだ。

毎朝起きるたびに、全部悪い夢であってほしいと願った。〈ムーンナイトテラス〉に行けば勇にぃがいて、また騒がしい日常が戻ってくるんだって。

でも現実は全く変わらず、勇にぃのいない日常を退屈に過ごすばかりだった。

それでも希望はあった。

社会人といえど休暇はある。ゴールデンウィークや夏休みの長期休暇になったら、帰ってきてくれるよ、と大人たちは慰めてくれた。だからあたしはもう勇にぃを困らせないようにいい子でいようと決心した。

だけど、勇にぃは一度も帰ってこなかった。次は帰ってきてくれる、次は帰ってきてくれる、次は……

期待をしては裏切られを繰り返し、だんだんとあたしは怒りを感じるようになった。

なんで帰ってきてくれないの？

約束したのに。

あたしたちのことなんかどうでもいいの？

怒りは蓄積していくばかりだったけれど、勇にぃのことは嫌いにはなれなかった。いっそのこと、嫌いになれたら楽だっただろうに。

好きになってしまったから苦しかった。

恋心は消えるどころか、どんどんと膨らんであたしを苦しめた。

「ふぅ、さっぱり」

髪を乾かし、朝ご飯を食べて部屋に戻る。

練習着に着替え、日焼け止めを塗る。そしてその上からジャージを着て、腕まくりをする。最後に左手にリストバンドを付けた。

身支度を済ませ、スマホをいじっていると勇にぃからラインが来た。最初は既読がどうのと難色を示していたが、あたしと未夜の説得で最近ようやくラインを始めてくれた。

『今日から合宿だろ？』

『うん』

『頑張れよ』

『頑張る』

マッチョな豚が力こぶを作っているスタンプが送られてきた。

「ふふ、何このスタンプ」

何気ないやり取りが楽しい。十年渇望した、勇にぃがいる日常。もうこの当たり前の幸せを失いたくない。

「さて、行くか」

学校に到着した。合宿といっても遠出をするわけではない。練習時間を普段よりも拡大し、高校の敷地内に建つ宿泊施設、北嶺館で寝泊まりをする。キッチン、寝室、男女別の浴場、会議室など、設備が充実しているためこの学校の合宿はもっぱらここが使われる。

「じゃ、みんな、これから三日間、気張っていくよ」

あたしがそう言うと、

「はい」とみんなの声が揃った。

荷物を北嶺館に置き、体育館へ向かう。日射しが強い。グラウンドではサッカー部がキビキビと練習に励んでおり、夏期補講に参加する生徒や他の部活の生徒とすれ違った。

リストバンドを撫で、頬をぺしっと叩いて気合いを入れる。

「っしゃ、やるか」

練習、昼食、そしてまた練習。打って跳んで跳ねて弾いてまた跳んで。日が沈む頃には、もうみんなすっかりへとへとになっていた。

スポーツドリンクを流し込み、タオルで汗を拭う。谷間にも汗が溜まって気持ち悪い。早くお風呂に入りたいな。

体育館の掃除と片づけを終え、北嶺館に戻る。

「あっ、みっくんだ」

「サッカー部も今終わったみたいだね」

その帰り道、一年たちがサッカー部の男子の方をちらちら見て足が止まっていた。どうやら彼氏がサッカー部にいるようだ。

「ほら、さっさと歩く」

「はーい……あ、龍石先輩、うちのクラスの高本って男子が龍石先輩のこと気になるって言ってたんすよ。サッカー部で、ほらあそこの黄色いゼッケンの十五番」

「んなことどうでもいいから、さっさと戻って風呂入るぞ」

「いやいや、高本って背も高くて——あう」

　一年たちの背中を押して進ませる。

「今度話だけでも聞いてあげてくださいよ。真面目で、今時珍しい熱血タイプで——」

「興味ねぇっつーの。ほら、歩けって」

「はーい」

＊

「ふぅ、気持ちいい」

　夕食の前にお風呂に入った。疲れた体にお湯が染み渡る。

「華山選手もここで合宿してたのかなぁ」と一年生が呟く。

　華山選手というのは、華山小春のことだろう。日本代表選手でもあり、実業団のチームで活躍している華山小春はなんとこの北高のＯＧ、つまりあたしたちの先輩だ。たしか所属は九州かどこかのチームだったっけ。

「うちら、今こはるんと同じ体験をしてるってことだよね」

「やばー」

華山小春以外にも多くの有名選手を輩出しているこの北高だが、その人気は華山小春が一番高く、後輩たちにも彼女のファンは多い。

「ちょ、まっひー、また成長した!?」

「ほんとだ」

「うわっ、いきなり揉むな！」

後ろから香織たちがあたしに抱き着いてきた。

「すご、浮いてるんですけど」

「手が、手が幸せだよ〜」

「わわっ、くすぐったいだろうが」

「何食べたらこんなに大きくなるの？」

香織が大真面目な顔で聞く。

「知るか！」

思いきり湯船のお湯をかけてやった。

お風呂のあと、夕食にみんなでカツカレーを作った。二皿食べてきっちりエネルギーの補給を済ませる。本当はもう一回おかわりしたかったが、このあとのミーティングで眠くなるといけない。キャプテンがうつらうつらしていたら、みんなの士気にかかわるもん。

一階の会議室でミーティングを行い、ようやく一日も終わりだ。

雑魚寝の布団に潜り、スマホを確認すると、勇にぃたちからラインが入っていた。四人だけのトークルーム『朝昼夜と月』。元々は末夜と朝華とあたしだけの『朝昼夜』だったのだが、勇にぃがラインを始めたので招待してあげることにしたのだ、

「ふふ」

どうやら今日、勇にぃは富士山世界遺産センターに初めて行ってきたらしい。なんでも勇にぃは富士山が世界遺産になったことをこっちに戻ってきてから知ったらしいけど、そんなことある？　向こうではどれだけ忙しかったのだろうか。

「まっひー」

横の布団の香織が潜り込んでくる。

「おわっ、なんだよ」

「んっふっふ、合宿の夜といえばコイバナっしょ」

気づけば三年のメンバーも集まってきていた。全く、みんなどうして他人の色恋沙汰でそんなに夢中になれるんだか。

「――それでさ、二組の堀口が外神ちゃんに告ったんだって」

「あれ？　堀口って一年生の彼女いなかったっけ？」

「別れたみたいよ。で、まあ結果は当然惨敗」

「さすがは鉄壁聖女様」

　時刻はもうじき十一時を過ぎようとしている。もう一時間はこうやってだべっている。明日は六時起きだというのに。今日はかなりハードな練習をこなしたはずなのに、みんなよく体力が持つな。

「鉄壁聖女といえば、ここにもいるっしょ」

「そっかそっか」

「まっひーはどうなの？」

　水を向けられる。

「あん？」

「誰か気になる男とかいないの？　ぶっちゃけ一人くらいはいいなって思う男の子いるっしょ？」

「腹を割って話すんだ」

「いないって。あたしはそういうのに興味はないの」

「そういう建前はいいから、実はいるんでしょ」

「いない」

「嘘ばっか」

「いないの」

「じゃあ、たまにリストバンド眺めてぽけっとしてる時があるけど、誰のこと考えてるの？」

「ふぇ？　はっ、はぁ!?」

　全身が熱くなる。

「今の慌てよう、やっぱり男か」

　や、やばい。

「さあ、吐け」

「うっそ、マジでまっひー好きな男いるの？」

　みんなが詰め寄ってくる。

「まっひーが告って落とせない男なんかいないいって」

「勇気出して」

　やばいやばい、誰か助けて。

「あんたたちぃ、いつまで起きてるの！」

　勢いよく扉が開き、顧問の先生の怒声が響いた。

「消灯は十時よ。上級生が情けない」

「げっ」

「やばっ」

「寝まーす」

部員たちは自分の布団に戻っていく。

「全く」

先生が電気を消す。助かった。あたしも布団をかぶる。目を閉じると勇にぃの顔が浮かんできた。付き合いたいだなんて、そんな高望みはしない。そりゃ、勇にぃの恋人になれたらどんなに幸せなことだろうか。

「……」

でもこの気持ちを表に出してしまったらきっと今の関係は終わってしまうだろう。勇にぃがあたしを受け入れてくれるとは限らないんだから。

恋愛は一方通行じゃ成り立たない。

もしあの人に拒絶されたら、あたしはきっと生きていけない。欲を出してはいけない。勇にぃとようやく一緒にいられるようになったんだ。

それでいいいじゃないか。

あたしはあの人のそばにいられるだけでいい。それだけで満足だよ。ずっとそばにいたい。一緒に笑っていたい。ずっと、いつまでも。十年前、勇にぃがあたしたちの前から消えた時に感じた心の痛みは、今もトラウマになっている。もう、離れたくない。

もう離れたくない。もう離れたく、ない。

もう離れたくない。大好き。もう離れたくない。

なんでもするから、あたしをずっとそばにいさせて、勇にぃ。

翌朝。

「ううん、ん？」

目を覚ますと、部員たちがあたしを取り囲んでいた。みんなパジャマ姿のままで、一様に心配そうな面持ちだ。

なんだ？　何かあったのか？

あたしはみんなを見回して、

「びっくりした。なんだよ、みんなして」

「まっひー、泣いてたから」

香織が言った。

「はぁ？」

「寝ながら泣いてたから、心配になっちゃって」

「泣いてたって、あたしが？」

「うん。それにうなされてたよ？」

「泣いてなんか……」

そういえば、目の周りがなんだかちょっぴりヒリヒリするような。枕も少しだけ濡（ぬ）れていた。泣くような夢なんか見ただろうか。あたしは夢の内容を反芻（はんすう）しようと試みたが、すぐにやめた。

勇にぃがどこかへ行ってしまう夢だったから。

「まっひー、大丈夫？」

「大丈夫だって。大丈夫。そんなとこだろ」

あたしは起き上がる。あくびして涙が出たとか、そんなとこだろ。努めて明るい声を作った。部長がみんなを不安にさせるようなことがあってはならない。

「ほら、さっさと支度して、朝飯にしようぜ」

布団を片づけ、一同はぞろぞろと部屋を出ていく。

勇にぃと離れ離れになるなんて、もうそんなことあるはずがないのに。あたしの脳みその中の夢を司る場所は何を考えてんだ。

勇にぃはもうどこにも行かないもん。

ずっとあたしたちと一緒だ。

4

八月九日。

「うわわ、お父さん、もうちょっと静かに走ってよ」

「あんだよ、未夜。車ん中でパソコンなんかいじって」

「小説書いてるの。見ないでって、前は見てよ。危ないじゃん」

「どっちだよ」

「運転に集中してってこと」

　全く、お父さんの車はすごく揺れるんだから。手が滑って変なところで改行しちゃった。

そういえば、勇にぃ今何してるかな。眞昼は昨日から合宿だし、朝華と——

「あっ」

「なんだよ大きな声出して」

「い、いやなんでもないよ」

　朝華と二人っきりになったら、私たちの目がないところで朝華がまた暴走するかも。朝華は十年ぶりに勇にぃに会えて子供の時みたいなテンションになってるからなぁ。変なことしないように一応ラインしとこ。

「それにしても今日は空いてるな。おっ、ワンエイティだ。懐かしいな」

　やがて車は東名高速に入った。今日の目的地は静岡市の大学のオープンキャンパスである。お父さんが付き添いなのはちょっと不安だけど。

*

「未夜ちゃんはオープンキャンパス、眞昼ちゃんは昨日から合宿……」

　ということは、

「うふふふふふ」

　思わずよだれが出そうだ。今日は勇にぃと二人っきりで過ごせる。しかも勇にぃはお休みだって言ってたし。

「ふふ、うふふふ」

　私は窓辺に寄ってカーテンを開けた。青々とした庭の風景。庭の向こうに広がる林から、蟬（せみ）や鳥の鳴き声が聞こえてくる。今日も日射（ひざ）しが強い。とっても暑そうだ。

　私はスマホを手に取り、ラインを送る。

『勇にぃ、起きてますか？』

　サムズアップをした豚のスタンプが返ってきた。

『遊びに行きたいです』

『いいぞ』

『今から行きますね』

『暑いから迎えに行ってやるよ』

『ありがとうございます♡』

私はさっそくパジャマを脱いだ。するとピロン、とメッセージが届く。未夜ちゃんからだ。

『朝華、勇にぃに変なことしちゃダメだよ』

『分かってるって』

「うふふ」

＊

長い坂を上り、源道寺家へ。駐車場に車はない。シビックを停めて玄関へ向かう。

「勇にぃ、おはようございます」

「おう……ってなんだその格好は」

朝華は薄いキャミソールに太ももが露出したショートパンツといった格好だった。

「暑くって。夏ですし」

「そりゃそうだけど、その格好で出かけるのは駄目だぞ」

「家の中だけですから大丈夫です。どうぞ、入って。まずはお茶でも飲んでいってください」

「お邪魔します……冷房ガンガンじゃねぇか」

朝華の部屋に通される。

「麦茶でいいですか？」

「ああ、ありがとう……」

朝華は前のめりになって給仕をする。キャミソールは胸元が大きく開いていて、キャミソールと肌の隙間が見えそうになった。俺はさっと目を逸らす。

こ、こいつ、無警戒すぎるだろ。俺だって男なんだ。俺を信頼しているのは嬉しいが、男と同じ部屋でこんな無防備な格好をするなんて、将来が心配になる。

意識していることを悟られないようにさっと注がれた麦茶に手を伸ばして喉を潤した。

「ふぅ、美味い」

朝華は自分の分の麦茶を注ぎ終えると、そそくさと俺の横に座った。こてん、と頭を俺の肩に預ける。ぽぉっとするようないい香りが朝華の体から匂い立つ。朝華はすんすんと鼻を鳴らして、

「勇にぃ、シャワー浴びてきました？」

「朝方、未空ちゃんたちとバスケしてきたからな」

「そう……残念です」

「何が？」

「今日はずっと二人っきりですね」

「そうだな。未夜はたっちゃんとオープンキャンパスだし、眞昼は合宿だったな」

「ちなみに、今日はお手伝いさんたちもいません」

「そうなのか？」

「正真正銘の二人っきりです」

その報告はいるのか？

テレビをつけると、ワイドショーでキャンプの特集をしていた。

「キャンプかぁ、いいなぁ」

「みんなで行ったら楽しそうですね」

「そうだな、未夜と眞昼にも相談して、ふもとっぱら辺りでやってみるか」

この街の北西部はキャンプ場が充実している。

「今はあそこはアニメの聖地になってますよ。キャンプをテーマにしたアニメの舞台になりましたから」

「へぇ」

知らない間に地元が有名になっていたとは。

「朝華はアニメ好きなんだな」

「学校の友達の影響で——」

雑談をしながらのんびりと過ごす。ワイドショーも終盤になり、視聴者のペット特集に移り変わった。「そうだ」と言って、朝華は立ち上がる。何をするのかと見守っていると、朝華はそのまま部屋を出ていく。

「いいものがありますから、ちょっと待っていてください」

待つこと数分。朝華は赤ん坊のようなハイハイの姿勢で戻ってきた。犬耳のカチューシャを付け、細い首には革製の首輪が。

「わんっわん」

「おわ」

そのまま俺の方へ飛びついてくる。

「なんだ、その格好は」

本日二度目のセリフである。

「えへへ、この前、物置を片づけていたら見つけたんです。憶えていませんか？　昔、みんなでおままごとをした時、未夜ちゃんが持ってきたものです」

「そういえば……」

記憶を手繰る。そんなこともあったっけ。

「犬役は私がやる予定だったんですよ？」

たしか誰が犬役をやるかじゃんけんをして、そうだそうだ、朝華に決まったけどさすがに小一女児に首輪はまずいと、俺が代わりに犬役になったんだ。そしてあらぬ誤解を受けたりして……

今の朝華は高校三年生。首輪をつけてもやばい絵面にはならない……いやなる。

「どうですか？」

どうですか、と言われてもなんと返せばよいのか全く分からない。

「わんっ」

朝華はのしかかるようにして体を預ける。

「犬が甘えてきたら撫でてあげるものですよ？」

「……よーし、よしよし」

俺は朝華の頭を撫でてみる。指の内側がさらさらの髪を滑っていくのが気持ちいい。

「わん」

朝華に尻尾が生えていたら、きっとこれでもかというくらい振っていただろう。甘え癖は治るどころかどんどん悪化しているように思う。

女子高生に犬耳と首輪をつけさせて、犬にするようなあやし方をするなんて、こいつが妹分じゃなかったらとてつもなく不健全で犯罪的なシチュエーションだ。

「お前は本当に犬みたいだな」

「わん」

朝華は俺の手を取ると、それを口元に近づけ、桃色の唇に押し付ける。

「え？」

ぷにっとした感触が指先に伝わったかと思うと、

「ちゅっ」

「はぁ!?」

なんとぺろぺろと舐め始めた。人差し指の先を丹念に舐める。朝華の舌べろの感触は温かくて柔らかくて心地いい……じゃなくて。

「こら、朝華」

犬は飼い主の手や顔を舐めるものだが、それはさすがにやりすぎだ。

「やめなさい」

「ちゅ、ちゅぱ」

「朝華！」

「くぅん」

朝華は止まらない。無理に引き剝がそうとすると、拒絶されたと勘違いするかもしれない。

待てよ？　今のこいつは犬なんだから……

「朝華、おすわり」

「わん」

朝華はすっと身を引くと、その場にぺたんと座り込んでおすわりのポーズになった。とろんとした目でこちらを見つめる。

「お手」

「わん」

「ちんちん」

「わん」

な、なんか変な雰囲気になってきた。

「朝華、いい時間だ。そろそろ出かけようか」

「はい、散歩ですね。リード持ってきます」

「違うわ！」

女子高生をリードで繋いで散歩なんかさせたら、確実に通報される。古き思い出の中の、数々の誤解による事件が脳裏をよぎる。

「ほら、犬ごっこはもうおしまい」

「はーい」

朝華は犬耳を外し、テーブルの上に置いた。やっと終わった。部屋から一歩も出てないのにどっと疲れが溜まった気がする。

「さて、どこに行きたい？」

「どこでもいいですよ。勇にぃと一緒ならどこに行っても楽しいです」

「んー、じゃあ、ちょっとドライブでも行くか」

「はい」

「その前に、ちゃんとした服に着替えろ」

「分かりました」と言って、朝華はクローゼットからサマーニットを取り出しキャミソールの上から着る。鎖骨が見えているが、これくらいの露出ならいいだろう。

「行きましょうか」

「おう、って……首輪も外せ！」

＊

一時間後。

俺たちは今、富士山の登山道を走っている。富士山スカイラインの道中に街を一望できるスポットがあるので、ドライブがてらそこで昼食を摂ろうということになったのだ。ドライブスルーでマ〇クを買い、目的地を目指す。

つづら折れが続く上り坂の途中、左手の斜面に面した路肩にそのスポットはある。木が伐採されたその一角は視界を遮る木々がなく、眼下の街を見下ろせるのだ。今日は空気が澄んでおり、南に臨む駿河湾やその先の伊豆半島までも見渡せるほどである。建物は全て豆粒ほどのサイズだ。薄ぼんやりとした海の青さが目に優しい。

「いい景色ですね」

「な？」

「あそこの森が浅間さんでしょうか。あっ、あれが市役所ですね」

「たぶん朝華の家はあの辺だな」

こうやって自分たちの住む街を富士山から一望していると、なんだか神様にでもなった気分だ。

「勇にぃ、ご飯にしましょう」

「そうだな」

「はい、あーん」

朝華がダブルチーズバーガーを差し出す。

「おいおい朝華、自分で食えるぞ？」

「食べさせてあげますね」

「え？」

「はい、どうぞ」

朝華は両手でハンバーガーを持っている。俺はそこに顔を近づけ、

「……あむ。美味(うま)い」

そうしてバーガーからポテト、ナゲット、果てはドリンクに至るまで、朝華がわざわざ口に運んでくれた。これではまるで子供のようだ。

「でもこれだと朝華が食えないだろ？」

「私の分は勇にぃが食べさせてください」

「は？」

朝華は口を開ける。

食べ物を食べさせ合うなんて、なんというか、付き合いたてのいちゃついたカップルみたいじゃねぇか。

「勇にぃ、お腹(なか)ペコペコです」

「ああもう、分かった分かった」

てりやきマ○クの包装を剝がして朝華の口元に持っていく。

「あむ、美味(おい)しいです」

「そうか」

「勇にぃと一緒なら、なんでも美味しいです」

「そりゃよかったな」

朝華はいちいち言うことが大げさだ。こういうことをポンポン言うと、男は勘違いしてしまう。こいつは妹みたいな存在だから俺がそういうふうに意識してはいけないのだが。

まあそれはそれとして、外で食うマ○クのなんと美味いことか。それもこんな見晴らしのいい場所で。

そうやって俺たちは互いの口元に食べ物を運び運ばれ、充実（？）したランチタイムを過ごした。

＊

楽しい。とっても楽しい。

何を見ても何をしていてもどこにいても、勇にぃと一緒だと全てが光輝いて見える。

「朝華、そろそろ行こうぜ」

「はい」

市街地に戻り、私たちはイ○ンに向かった。平日の昼間だが人でごった返している。

勇にぃの腕に自分の腕を絡ませる。ごつごつしていて素敵。さっき外に出た時暑かったのかな、少し汗の匂いがした。いい匂い……。

周りからはカップルに見えたりしないかな。もうちょっとくっついてみよう。胸を押し付けるようにして密着すると、勇にぃの体がびくんと震えた。
可愛い。

「朝華、そうぴったりくっつかれると歩きにくいんだが」

「はーい」

午前中にキャンプの話題が出たので、アウトドアショップに寄ることにした。

「へぇ、テントにもいろいろあるんですね」

「四人で入るならこのサイズかな」

「勇にぃ、私たちと同じテントに入るつもりですか？」

「え!? あ、いやそういうじゃなくて」

「うふふ、私はいいですよ」

「朝華、からかうなよ」

「どうせだったらこっちの小さいテントを二つ買って、二人ずつ使いましょう。私と勇にぃ、未夜ちゃんと眞昼ちゃんで」

「朝華、冗談はよしなさい」

「はーい」

冗談じゃないのにな。

勇にぃは小物のエリアに足を向ける。

「こういう木のマグカップでコーヒーを飲んだら美味いだろうなぁ。こう、星空の下でさ、焚き火を眺めながら、熱いコーヒーをくいっと」

　勇にぃはそういうシチュエーションが好きみたい。ロマンチックで素敵。

「あっ、ペアのマグカップがあります」

　木製のカップで、赤と青のハートがそれぞれ彫られている。

「いやそれカップル用だぞ」

「いいじゃないですか」

　その時、私たちの方へ店員さんがやってきた。

「こちら、お名前を追加して彫ることもできますが」

「そうなんですか？」

「はい、こちらのハートの下に、彼氏さんと彼女さんのお名前をアルファベットで」

　彼氏さんに彼女さん……やっぱりほかのみんなからはカップルに見えてるんだ。心が燃えるように熱くなり、頬の筋肉が思わずとろける。

「え？　いやでも」

「勇にぃ、ぜひやってもらいましょう」

「いやさ、おっさんと女子高生がペアのマグカップ買うって、なんか犯罪的というか」

「勇にぃはおっさんじゃないですよ」

「アラサーはおっさんなんだって。それに、まだキャンプに行くとも決まってないしな。す、すいません、大丈夫です。ほら行くぞ」

「むぅ」

勇にぃって世間体を気にしすぎるところがあるんだよなぁ。私は勇にぃのためならなんだってできるのに、常に身構えられるというか、人の目を気にするというか。人からどう思われようと、本人が満足できればいいと思うのに。

きっと、昔の数多くの誤解による事件が尾を引いているのかな。警察のお世話になりかけたりしたこともたくさんあったっけ。

「勇にぃ」

「ん？」

「何かあっても、私が守ってあげますから大丈夫ですよ」

「ありがと……何の話？」

＊

「はい、じゃ、休憩。再開は一時からね」

へとへとだ。練習着は絞れるくらい汗を吸っている。

正午の鐘を聞きながら北嶺館に戻る。合宿も二日目になると、練習が一段とハードになる。しっかりご飯を食べてエネルギーをチャージしなきゃ。

外に出ると、暑いはずなのに風が気持ちいい。

「あっ、まっひー。先行ってて」

体育館を出たところで香織がそそくさと列から離れる。なんだろうと思っていると、校舎の陰から一人の男子生徒が現れたではないか。市民プールの時にいた男子生徒だ。

「あれ、かおりんの彼氏だよ」

「え？　めっちゃイケメンじゃん」

「でもなんかひょろひょろじゃない？」

「うーん、ウチ的にはちょっとないかなぁ」

「まっひーの見立ては？」

「はぁ？」

話を振られたので、あたしは二人の様子を観察して、

「いいんじゃないの？　二人とも楽しそうだし」

「そう？　でもさ、よく見るとかおりんのが背高くない？」

「あ、本当だ」

「自分より小さい男はちょっとねぇ」

「いやいや身長とか関係ないだろ」

あたしがそう言うと、副部長の大宮千里は真剣な表情になって、

「いやいや、そこ、かなり重要なファクターだから。だって、ヒール履いたらさらに差がつくんだよ？　それに男だって自分の隣を歩く女の子が自分より大きかったら、絶対周りの目とか気になるし、気後れするから」

そういう千里も身長175センチと大柄で、彼女なりの苦労が窺える。

「まっひーだって自分より小さい男とか恋愛対象としてないでしょ？」

「いや、あたしはそういうのは気にしないけど」

「本当に？」

「う、うん」

「あんたたち、さっさとお昼にしないと休憩時間が無くなるわよ！」

顧問の先生が中から声を飛ばし、部員たちをせっつく。

「やば、行くぞ」

身長差、か。

あたしの身長は今現在176センチ。女子にしては、というより男子を含めてもかなり大きい方だと思う。勇にぃはだいたい170センチくらいか。

あんなに大きく見えていた勇にぃを十年で追い越しちゃった。あたしは身長差なんか気

にならないけれど、男の子は気にしちゃうんだろうか。

勇にぃも、自分より大きい女の子は嫌なのかな。って、付き合ってすらないのに、そんなこと考えたって意味ないじゃん。

でも……

悶々(もんもん)とした昼食になってしまった。

その日の夜、お風呂の時間にあたしは香織に聞いてみた。

「なぁ、香織」

「何？」

「あの彼氏くんとさぁ」

「えっ、彼氏？　ななな、なんの話？」

「とぼけんなよ。昼休憩の時にこっそり会ってたろ」

「え？　バレてたんだ」

「もうみんな知ってるぞ」

「ええ、マジぃ」

口調こそ悲観的だが、香織はどこか嬉(うれ)しそうにはにかむ。

「そうそう、でさぁ、あの男子と香織って、香織の方が背高いじゃん？」

「え？　うん」

「それってさ、その、どう、なの？」

「どう、とは？」

香織は心底不思議そうな目を向ける。

「いや、その、なんか女子の方が背が高いと、いろいろ、その……」

うまく言葉が続かない。

「っていうかさ、身長なんかどうでもよくない？」

「そう、なの？」

「私たちは全く気にしてないいし。あっ、まっひー、背が高いからそういうので悩んでるんでしょ？」

「あたしは別に……」

頭の中で勇にぃの顔が浮かぶ。

「好き合ってるなら、身長なんか全然関係ないと思うけどな」

「そうなんだ」

でも、それはあくまで香織とその彼氏の意見。

「なるほどなるほど、まっひーの好きな人はまっひーより背が低いんだ」

「は、はぁ？　そんなんじゃねーし」

「今の会話の流れだと絶対そういう感じでしょ」

「違うんだって」

「おーい、みんなー、まっひーの恋愛じじょ――がぼがぼ」

あたしは香織の顔にお湯をかける。

勇にぃはどうなんだろう。でかい女なんか、やっぱり恋愛対象じゃないのかな。

クソガキハロウィンナイト

1

「よかったわねぇ、肩の荷が下りたわ」

　母が神妙な面持ちで言った。

「だからって、卒業まで遊び惚(ほう)けてちゃだめよ」

「分かってるって」

「それにしても東京なんて……」

　からんころんと呼び鈴の音が鳴る。入口を見やると、いつものクソガキどもが。その装いはいつも通りではないが。

「あらー、可愛(かわい)いわねぇ」

　母が歓声を上げる。

「いくよ」という未夜(みや)の呼びかけのあとに、三人は声を揃(そろ)えて、

「「「トリックオアトリート！」」」

今日は十月三十一日。

ハロウィンである。

古代ケルト人の祝祭が起源とされ、秋の収穫を祝い、悪霊を追い払う目的で行われていたそうだ。古代ケルトにおいて十月三十一日が一年の最終日となり、この日は死者の魂や悪霊、悪い魔女などが街をさまようため、それに対抗して仮装や魔よけの焚き火を行って身を守っていたという。

現代では宗教的な意味合いは薄れ、完全に仮装を楽しむイベントと化している。日本においても近年ではその存在感が強まってきており、秋の風物詩として定着しつつある。

町内会でも今年から秋の行事にハロウィンを取り入れることになった。

子供たちは仮装をして町内の家々を巡り、お菓子を貰うのだ。〈ムーンナイトテラス〉も今日はハロウィン仕様である。テラス席にはジャックオランタンが置かれ、店内にもカボチャや蝙蝠をモチーフにした飾りつけを施してある。

ハロウィン限定のかぼちゃパイやパンプキンシェーキなども数量限定で販売中だ。

「どう、勇にぃ」

未夜はくるりと回って見せる。

大きなとんがり帽子に生地の薄いひらひらとした服。袖口はかなり広く、だぼついている。カボチャの形の丸いミニスカートが可愛らしい。靴下はオレンジと黒のしましまである。

「ほー、魔女か」

「そうだよ」

手に持った小さな箒をこちらに向ける。目元には黒いラインが引かれ、よく見ると爪も黒く塗ってある。

「どう？　可愛い？」

「……まあまあだな」

「えへへ」

「あたしは猫だにゃ」

眞昼はひっかくまねをする。

頭に猫耳カチューシャを付け、首元には鈴のついたチョーカーを巻いている。黒いメイド服を着ているところを見るに、テーマは猫耳メイドだろう。両手に猫の手を模した手袋をはめ、スカートの後方には尻尾が生えていた。

「くらえ、猫パンチ」

手袋のおかげか、手ごたえは全くなかった。

「全然効かんぞ」

「くっ」

眞昼にしては珍しいガーリーなスタイルだ。

「で、朝華は？」

「ふっふっふ、噛みついちゃいますよ」

朝華もカチューシャを付けているが、こちらは小さな蝙蝠の羽のような飾りがついている。白いブラウスに黒いマント。ちらりと覗いた犬歯が物々しく尖っている。ブラウスの胸元に赤い点々がついているのは、吸血の跡を表現しているのだろうか。

「ヴァンパイアです」

「すげぇな、その歯、付けてんのか」

「はい」

そう言って朝華は俺の手を取り噛みつく真似をする。あの尖りようは本当に痛そうだ。

三人は白い布袋を持っている。この袋にお菓子を集めるのだろう。

「さあ、勇にぃ、悪戯をされたくなかったらお菓子をよこせ！」

未夜が高らかに言う。

「おかしいな、悪戯はいつもされてるんだが……ほれ」

個包装のお菓子の小袋を布袋に入れてやる。

「それにしてもよくできてるな。全部未来さんが作ったのか？」

「そう」

未来さんは地元のとある劇団の衣装係として働いていたそうで、服や衣装を自作するのが趣味らしい。

「勇にぃのもあるよ」と未夜。

「あ？」

クソガキどもに連れられ、お隣の春山家へ。

なぜこんなことに。

「よく似合ってるよ、勇くん」

未来さんは心なしか半笑いで言った。

「あの、俺もう高校生なんすけど」

カボチャの形の被り物は三角の目と鼻、ギザギザの口の形にくりぬかれている。麻色のぼろぼろのマントにアンティークなランタン。

「かぼちゃのおばけにゃ」と眞昼。

俺が着せられたのはジャックオランタンのコスプレである。マントは全身を包むポンチョのような形である。動きにくいこともさることながら、何より視界が狭い。なんせ、三角に切り取られた穴から覗いているのだから。

「勇にぃ、似合ってます」

顔が隠れるから誰が着ても同じなような気がするが。

「じゃあみんなをよろしくね」

「うす」

そうして俺たちはハロウィンの街へ繰り出した。

夕暮れ時の町内は仮装をした子供たちで溢れていた。その種類はハロウィンの定番である欧米の怪物系にとどまらず和風の妖怪、アニメのキャラクターなど、様々だった。

イベントに参加している家には軒先に特注のジャックオランタンの人形が飾られており、子供たちはそれを目印にして家を訪ねるのだ。

「トリックオアトリート」

家々を回り、脅迫してお菓子を強奪する。

「あっ、未夜ちゃんたちだ」

時折、同じ小学校の友達と遭遇し、仮装した姿を見せあっていた。微笑ましい光景である。

「ねぇ、このカボチャの化け物誰?」

「これ？　これは勇にぃだよ」

「あれ、未夜ちゃん、お兄ちゃんいたっけ」

「私のけんぞくだよ」と朝華が付け足す。

「？」

「こいつらがいつもお世話になってます」

俺はぺこりと頭を下げた。

「ママー、かぼちゃさんがいるー」

「あらあら。やる気満々ねぇ」

子供のお守りとして保護者が同伴しているところが多いが、その保護者まで仮装しているのはどうやら珍しいようだ。顔が隠れているからまだいいが、なんだかちょっと恥ずかしくなってきた。俺が子供の頃はこんなイベントはなかったなぁ。時代を感じるぜ。

「お菓子、いっぱいになってきた」

未夜が布袋を覗き込む。だんだんとお菓子で膨らんできていた。

「次はあそこにゃ」

眞昼が指さす。

「げっ」

その先には事務所と一体になった豪邸があり、下村(しもむら)組の看板がでかでかと掲げられていた。

「じゃ、じゃあ、俺はここで待ってるから」

「勇にぃも行くの」

未夜が箒で俺の尻を叩く。

「光さんにも見せてあげましょう。行かないと噛みついちゃいますよ」

「……分かったよ」

眞昼と朝華に両手を取られ、未夜が先導する。

「「「トリックオアトリート」」」

「あー、みんな」

光が出迎える。下村家は建設会社を営んでいるようで、源道寺家ほどではないにしろ、なかなかの豪邸である。光は仮装をしておらず、普段着のままだ。

「可愛いなぁ、あれ、眞昼ちゃん、それもしかして猫耳メイド!?」

「そうだにゃ」

「きゃわ～」

「にゃにゃっ」

光は眞昼を抱き上げ、頬ずりをする。ふりふりとしっぽが揺れ、鈴の音がちろちろ鳴る。

「悪戯されたくなかったらお菓子をくださぁい」

「朝華ちゃんはヴァンパイアで未夜ちゃんは魔女っ娘ね。二人も可愛いぃ。うんうん、で、そっちのジャックくんは？　だいたい予想がつくけど」

「……俺だ」

被り物を外す。よもや同級生の前でこんな格好を晒すことになるとは。

「うわ……有月くん、ノリノリだね」

少し引き気味に光は言う。

「ちげーから、断じて俺から望んで着たわけじゃねーから」

「でもハロウィンだからジャックオランタンのコスプレって、ひねりがないというか、ちょっと安直すぎだよ」

「ちげぇんだって、これは用意されていたもので――」

俺は必死に弁明する。子供向けの町内イベントに嬉々として参加していた、などと思われたら厄介だ。

「あー、まあ、そういうことにしておいてあげるよ。あ、そうそうお菓子ね」

そう言って光は小さな包みを三人に手渡した。

「いい匂いです」

「中身はクッキーだから、割れないように気を付けてね」

「「はーい」」

光からお菓子を受け取り、下村家をあとにする。

「あっ、有月くん。ちょっと待った」

「あん？」

光がぱたぱたと駆け寄ってきた。

「はいこれ」とクッキーの包みを手渡される。

「いや、俺はいいって。ただの子守りなんだから」

「いいからいいから、お祝いだよ」

そう言って光はウィンクをした。

「お祝い……！　あー、サンキューな」

「じゃあまた学校でね」

「おう」

2

「大漁、大漁」

パンパンになった布袋を抱え、クソガキたちは帰路についていた。このあとは俺の部屋でアポなしお菓子パーティーをするという。

「いっぱい貰ったなぁ……あっ、にゃぁ」

「お、重いです」

「勇にぃ、持ってー」

「しょうがねぇな」

しゃがみ込んで未夜から布袋を受け取る、その瞬間、

「「えい」」

「あっ」

視界が暗転した。ま、前が見えん。

「あははは！」とクソガキどもの笑い声が聞こえる。何をしやがった。

「な、なんだ」

たまらず俺は被り物を脱いだ。

「ひっかかったにゃ」

「成功です」

見ると、目の穴を作るためにくりぬいた部分が、その穴にはめ込まれていた。

未夜が俺をひきつけ、眞昼と朝華が背後から忍び寄りはめ込んだのだろう。被り物をしていると死角が多すぎて全然気づかなかった。

「びっくりしたー？」

無邪気な声で未夜が言う。

「びっくりしたー、じゃねぇ」

未夜のほっぺをぎゅーと横に引っ張る。

「危ねぇだろうが」

「ほめんほめん」

「ったく」

「まあまあ、お菓子を分けてやるから」と眞昼。

「勇にぃ、早く帰りましょう」

「しょうがねぇやつらだ」

三人は夜の街を駆けていく。その後ろ姿を眺めながら、俺も急いだ。

それにしてもこのクソガキどもめ、お菓子をくれてやったのに悪戯(いたずら)をするのはルール違反じゃねぇか？ いいだろう。こっちも悪戯を仕掛けてやろうじゃねぇか。

就職のため来年の春に上京することは、引っ越し当日まで秘密にしてやるぜ。

こいつらの驚く顔が楽しみだ。

クソガキロケット発射

1

「ただいまー」

「おかえり」

母がカウンターの奥から声を投げる。家に帰ると、いつも通りクソガキ三人組がテーブル席を一つ陣取っていた。おやつを食べながらゲームをしていたようだ。

「勇にぃ」

いち早く俺に気づいた朝華が飛びついてくる。遅れて、未夜と眞昼もやってきた。もう十一月だというのに、三人とも半袖にミニスカートとは恐れ入る。俺なんかYシャツの上にセーターを着ているというのに。

「今日はすごいものを持ってきたんだよ」

未夜が悪戯っぽい笑みを浮かべる。

「すごいもんってなんだよ？」

「ふふふ、なんだと思いますか？」

朝華が俺の右手に絡みつきながら見上げる。

「見たらきっと驚くぞ」と眞昼は胸を張った。

「やけに自信満々だな」

「腰を抜かしても知らないからね」

そう言って未夜はにんまりする。やれやれ、今日は何に付き合わされるんだ？

「とりあえず荷物を置いてくるから待ってろって」

二階に上がり、通学用のバッグを部屋に置く。制服を脱いで黒いパーカーとジーンズに着替えた。待ちきれないのか、どたどたと足音が聞こえてきた。全く、どんだけのものを持ってきたんだ？

眞昼が一番に部屋に入ってきた。その手にはマジックで赤く塗られたペットボトルが。

眞昼はそれを高々と掲げて、

「勇にぃ、見ろ！」

「なんだそりゃ？」

「ロケットだ」

「ロケットぉ？」

未夜と朝華もそれぞれペットボトルを抱えている。

どこにでもありそうな五〇〇ミリリットルサイズのペットボトルだ。中身は空のようで、朝華は水色、未夜は黒で表面を塗りつぶしてある。

「今日、図工で作ったんです」

「ロケットねぇ」

朝華のロケットにはハートや星が描かれている。まあ形はそれっぽいが、こんなものをどうやって飛ばすつもりだ？　まさか手で放り投げるわけでもあるまいに。

そんな俺の疑問を察知したのか、未夜があるものを見せる。

「これで飛ばすんだよ」

それは木の板を組み合わせて作った発射台だった。細長い三枚の板をコの字に組み合わせ、底の部分には四角い板が取り付けられている。その反対側の先端にはゴムバンドが。

なるほど、このゴムバンドにペットボトルをセットし、底の方まで引っ張ることで得た張力を利用して上に飛ばすのか。

「これはロケット発射装置」

未夜はゴムバンドをぴーんと弾いて見せる。

「おお、なんかシンプルだな」

ロケットというのは自らの質量の一部を噴射し、その反動で反対方向に進むものなので、厳密にはこれはロケットというよりカタパルトなのだが、クソガキどもにそんな講釈を垂れたところで意味はない。本人たちが楽しければそれでいいのだ。

「めちゃくちゃ飛ぶんだよ」

「早く行くぞ」

「行きましょう」

「分かった分かった。ちょっと待ってろって」

最近風邪気味の俺はマスクを着けてから外へ出た。

2

近所の公園の一角、なるべく人が少ないところをロケット打ち上げ場所に選んだ。

「よーし、勇にぃ、見ててね」

未夜(みや)はさっそくペットボトルロケットを発射装置にセットする。ペットボトルの底をゴムバンドの上に乗せ、そのまま下へぐーっと引っ張る。

「行け、ブラックナイト号。えいっ」

ぽんっと軽快な音が鳴り、ペットボトルが打ち上げられる。黒いロケットは一直線に空を突き抜けていく。思っていたよりも高く飛び、目測だが五メートルは打ち上がったか。

「ほー、けっこう飛ぶなぁ」

「すごいでしょ」

落ちてきたロケットを回収し、未夜が言う。

「すごいすごい、想像以上だ」

「勇にぃ、私のも見てください」

今度は朝華がペットボトルを打ち上げる。

「どうでした？　見てました？」

「見てたぞ、すごいなぁ」

「えへへ」

「あたしのもいっぱい飛ぶぞ」

眞昼は大股でしゃがみ込み、発射台を両手で抑えて安定させる。

「おりゃ」

赤いロケットが勢いよく空を貫いていく。六メートルは飛んだんじゃないか？　すぐそばに立つ木よりも高いところまで届いたぞ。

「うおお、め、めちゃくちゃ飛ぶじゃねーか」

「ふふん、だから言っただろ？」

眞昼は鼻を鳴らして自慢げに胸を反らせる。たしかにこいつらが自慢したがるだけのことはあるな。

「勇にぃ、次は私の見てて」

「おう」

そうしてぽんぽんと打ち上がっていくロケット。なんて平和な遊びだ。

「あー、お前ら、隣の家に当たらないようにしろよ？」

ここは公園の端っこ。敷地を取り囲むように並び立つ木の向こうは小さなフェンスで仕切られ、その先は住宅街となっている。

「分かってるってー」

そう注意した矢先——未夜が打ち上げたのとほぼ同時に強い風が吹きつけた。いくらロケットといっても所詮はペットボトル。風に煽られ、軌道が大きくズレる。

「あっ！　ブラックナイト号がー」

ブラックナイト号は歪な曲線を描き、木の中へ墜落した。落ちてこないところを見ると、枝に引っかかってしまったようだ。

「うわーん」

未夜は木の真下に寄り、上を見上げる。

「どこ？」

「未夜ちゃん、あそこ」

朝華が指をさす。

未夜のロケットは高さ四メートルほどの位置の木の枝に挟まれていた。

「ああ！」

四メートル。子供にとっては絶望的な高さだ。

「私のロケットがぁ」

未夜は鼻声になり、うっすらと目が潤み始めている。

「だ、大丈夫だ、あたしが登って取ってきてやる」

眞昼が幹に飛びつくが、小一女児の身長では枝まで手が届かず、登ることはかなわない。

「うぅ、ブラックナイトぉ」

「石とかぶつけたら落ちてくるかも」

「あー、危ねぇから朝華、それはやめとけって」

「でも……」

「ったく、お前ら、どいてろ」

「「勇にぃ？」」

「未夜、泣いてんじゃねーよ」

未夜の頭をがしがし撫でる。

「な、泣いてないもん」

未夜は手のひらを目に当てながら言う。

「おめーら、そこで待ってろ」

「登れるのか？」と眞昼。

こう見えて木登りは得意だ。幼稚園の頃は園内の木という木を登りつくし、木登り遊び禁止令を発令させた有月勇だぞ？

「よっと」

幹に飛びつき、枝の根本に手をかける。軽く揺さぶり、体重をかけても大丈夫なことを確認すると、一気に体を引き上げて上に進む。

「うおぉ、勇にぃ、すげー」

眞昼が感嘆の声を上げる。

「未夜ちゃん、元気出して。勇にぃが取ってくれるよ」

「うん」

葉っぱがチクチク痛いのでパーカーのフードをかぶる。

ロケットまでもう少しだ。

「よっと」

ブラックナイト号は細い枝の股に挟まっていた。キャップの部分を握って引っ張る。が
さがさっと枝が揺れ、木の葉が舞い落ちた。

「ふぅ、取れた」

「うわぁ、勇にぃ、ありがとー」

未夜が万歳をして飛び跳ねていた。

「勇にぃ、すげー」

「すごいね」

よしよし、あとは下に降りるだけだ。その時——

「撮れた?」

真横から冷たい声が聞こえた。

「へ？」

その方向に目を向けると、そこには隣の家の窓があり、半裸の美女が怯えた表情でこちらを見つめていた。着替え中だったようで、蛍光色の下着とシャツ一枚という格好だ。

無言の視線が俺たちの間で交わされる。

「いや、あの……」

背筋に冷たいものが走る。

「何やってんのよ、あんた。撮れたって何を撮ったのよ」

「は？」

俺は自分の服装を思い返す。

黒いパーカーのフードを被り、風邪予防のマスクを着けている。そして手には黒いペットボトル。もしこの黒い塊が相手にはカメラに見えていたとしたら……

まずい、盗撮魔に間違われたかもしれない。

「いや違うんです、俺はただ」

「この変態！」

女は怒り顔でカーテンを引く。

「おーい、勇にぃ、どうしたの？」

「早く降りてこい」

「危ないですよ？」

「ち、違うんです。これはただのペットボトルで、木に引っかかったのを取ろうとしただけで――」

俺はカーテンの引かれた窓に向かって必死に弁明する。

「別に変な目的じゃないんです」

ご、誤解なんだ。違うんだあぁぁぁぁぁ。

＊

その後すぐに警察がやってきたが、クソガキたちと一部始終を目撃していた子連れの奥さんの証言により、なんとか誤解は解けた。

最終章 ……… レッツキャンプ ………

1

八月十日。

朝から〈ムーンナイトテラス〉にやってきた私はパソコンを広げて執筆作業に取りかかる。今日は未空の友達たちが家に遊びに来ており、騒々しいので集中できないのだ。

全くどうして子供は朝からあんなにテンションが高いのだろう。私が子供の頃はもう少し落ち着きがあったというのに。

「やれやれ、これだからお子様は」

陽気なポップスが流れる店内。冷房が効いていて涼しい。開店直後ということもあってお客さんは私だけ。すばらしい環境だ。

「おっ、未夜、勉強か？」

アイスカフェオレを運んできた勇にぃが画面を覗き込む。

「違うよ、例のミステリ。だいぶ進んだよ。今のところ五万字くらいかな」

「え!?　もうそんなに書いたのか。じゃ、そろそろ書き上がるのか？」

「んーっと、今は第二の殺人事件が起きて、探偵が犯人捜しを始めたところ」

勇にぃと私で案を練った推理小説は、なかなかの大長編になりそうだ。この様子だと二十万字近くになりそうな予感。普段は短編ばっかり書いてるから新鮮で楽しい。この調子だと夏休みの終わり頃には完成するかも。

それからしばらく執筆に没頭し、気づけばもう正午前だった。お昼休憩にしよう。私はナポリタンを注文した。十分ほど経って料理が運ばれてくる。

「それでな、こんなでっかいテントが八万円もしたんだ」

「へぇ」

ナポリタンを食べる私の横で、勇にぃはがばっと両手を広げてみせる。

「キャンプかぁ。行きたいよねぇ」

私はその情景を想像する。

四人でキャンプ。満天の星空の下で焚き火を囲み、コーヒーを飲みながら眠くなるまで四人でだべって、朝起きたら富士山の裾野から昇る朝日に眠気がかき消される。鳥の声が風に乗って木々を渡り、澄んだ空気が身を清めるのだ。

いい。すごくいい。

「でも勇にぃ、私たち三人と同じテントで寝るって、それはアウトじゃない？」

「い、いや、そのサイズを買うなんて言ってないだろうが。とりあえず、俺用の小さいのと、お前ら三人が寝れるサイズの二つにするのがベターかなって。それと、テントじゃなくて、キャンピングカーとかロッジハウスって選択肢もある。俺は気にしないが、お前らは一応女の子だからな。風呂とかあった方がいいだろ」

「あー、真夏だし、お風呂は入りたいよねぇ。っていうか、一応って余計なんだけど」

「悪い悪い」

「ロッジもいいねぇ」

屋根裏部屋にみんなで集まって窓の外から星空を眺めるのも趣きがある。

「調べてみたら、割と手頃な値段で借りられるみたいだ」

「ふーん」

その時、からんころんと呼び鈴の音が鳴った。

「あ、朝華だ」

「おう、朝華」

「こんにちは」

白いつば広帽子をかぶり、薄緑色のワンピースといったお嬢様感たっぷりの装いである。

右手には閉じた日傘をさげ、もう片方の手には紙袋を掲げていた。

「中は涼しいですねぇ」

そう言ってぱたぱたと胸元に風を送る。

「歩いてきたのか？」

「はい、イ〇ンに寄ってきました」

「暑かったろ。何か飲むか？」

「ではメロンフロートを」

朝華は私の向かいに座り、日傘と紙袋を横の椅子に置いた。

「未夜ちゃん、お勉強？」

「ううん、小説書いてるの」

「……勉強しなくていいの？」

「勉強もちゃんとやってるよ」

推理小説の共同制作中であることを説明する。

「へぇ、いいなぁ。まるで二人の子供みたい」

朝華はぽつりととんでもないことを言った。思わずカフェオレを噴き出しかける。

「ちょちょちょ、子供って、変なこと言わないでよ」

「変な意味じゃないよ。勇にぃが考えて未夜ちゃんが形にするなんて、二人の子供みたいなものじゃない。私も勇にぃと何か作りたいな」

「今メロンフロート作ってるから手伝ってくれれば？」

「もう、そういうのじゃないの」

朝華（あさか）はぷくっと頬を膨らませる。

「ところでその紙袋って何？」

さっきから気になっていた。イ◯ンに寄った帰りらしいから、そこで買ったのだろう。

「ああ、これ？」

朝華は紙袋をテーブルの上に置く。けっこう大きいな。

「ほれ、メロンフロートお待ち。なんかでかいの買ったんだな」

「あっ、勇にぃも見ますか？」

朝華が取り出したのは、高級そうな箱だった。

「なんだそりゃ……って、朝華それ！」

勇にぃが引きつった顔を見せた。中を検（あらた）めると二つのマグカップが収められている。

「わぁ、可愛（かわい）いじゃん」

一つは赤、もう一つは青のハートが目を引く木製のマグカップ。

「お、お前、これ……マジで買ったのか」

「うふふ、昨日、こっそり注文しておいたんです。ほら、加工も一日でやってくれたんですよ」

加工？　それに勇にぃの反応も気になる。ただのマグカップにどうしてそこまで過敏な反応を……

「えー、何？」

私はマグカップに視線を戻す。

「ん？」

よく見ると、アルファベットが彫られているのに気づいた。

赤いハートの下には『ＡＳＡＫＡ』。青いハートの下には『ＹＵ』。

「これってもしかして……」

ペアカップ……？

「勇にぃ！」

「違うんだ。俺はやめとこうって言ったんだ」

「説明を要求する！」

「勇にぃ、これで夜空の下でコーヒーが飲めますよ」

朝華が満面の笑みを浮かべる。

「朝華、どういうことなの」

「昨日ね、アウトドアショップに行って、テントとか小物とかいろいろ見て回ってたの。それでお店の人が私たちのことをカップルだって間違えちゃって、名前を彫ってペアカップにできますよって言うから」

「だからって本当に彫る？」

こんなんじゃまるで恋人、いや新婚さんみたいじゃない。

「つい、記念に」

……このおっぱい眼鏡、ようやく本性を現したか。前々から勇にぃに接するときの態度がおかしいと思っていた。子供の時のように勇にぃにべったりくっついたり、やたらと手を繋ぎたがったり……

勇にぃに十年ぶりに会えた喜びからちょっとテンションが高くなってるだけだと思っていたが、まさか勇にぃをそういう目で見ていたのか？

挙句にペアのマグカップを作って外堀から埋めようとするなんて。

「勇にぃも欲しがってたじゃないですか」

「勇にぃ？」

「いや、俺は木のマグカップが欲しかっただけで、名前入りのは別に……つーか、まだキャンプに行くかも決まってないから、買うのは保留にしたんだって」

「えへ、買っちゃった」

「買っちゃった、じゃない。っていうかスルーしてたけど、何？　昨日二人で出かけたの？」

「まあな」

「未夜ちゃんはオープンキャンパスで眞昼ちゃんは合宿だったし、二人きりでいろいろ遊んできたの。富士山をドライブしたり、イ◯ンでショッピングしたり、あっ、そうそう犬み——むぐむぐ」

　勇にぃが朝華の口を押さえる。

「馬鹿、それは駄目だ」

「むむー」

　なんだ？

　今なんか犬なんとかって聞こえたが。というかこのおっぱい眼鏡、さっきから黙って聞いてりゃあイチャイチャと惚気(のろけ)おって。子供の頃から勇にぃに甘えたがりで物理的に距離感が近かったが、大人の体に成長してなおその攻略法を貫くとは。潔いというか、周りの目を一切気にしないその姿勢は敬服に値するけれど。

　というか、私の知ってる朝華はもっと理知的な大人女子だったのに、勇にぃの前だとなんでこんなに子供っぽくなるの？

「ぷはっ、もう勇にぃも未夜ちゃんも、何か変な勘違いしてませんか？」

　朝華は小さく息をついた。

「ああ？」

「これは別にペアカップじゃないんです。ほら」

　朝華は紙袋に手を入れる。

「あっ」

「おっ」

そうして彼女が取り出したのは同じような箱である。蓋を開けると、そこには二つのマグカップが。

「こっちは未夜ちゃんと眞昼ちゃんの分です」

黄色い星が描かれたカップには『ＭＩＹＡ』、白い太陽が描かれたカップには『ＭＡＨＩＲＵ』の文字があった。

「わぁ、すごーい」

「あんだよ、みんなの分もちゃんとあんのか」

「もう、早とちりしちゃって困ります」

眉根を寄せ、朝華は怒った顔を作ってみせる。

「悪かったよ、朝華」

「いいんです。どう、未夜ちゃん？」

「ありがとう朝華。ごめん、私、変な勘違いしちゃってた。みんなの分もちゃんとあったんだね。ペアカップだと思ってたからつい――」

そうだよね。さすがに恋人でもないのにペアカップなんて作らないよね。それにしても私たち四人の名前入りのお揃い（そろ）のマグカップなんて、なんて素敵なのだろうか。

「分かってくれればいいの」

「朝華、四人分も作ってお金大丈夫か？　俺が立て替えとくよ」

「大丈夫です。気持ちだけいただきます。それより、もうこれでキャンプに行くほかありませんよ？」

「そうだよ勇にぃ、キャンプ行きたいー！」

「分かったって。ただ、眞昼にも聞かないとな」

「今日は合宿明けでへとへとだから、ずっと寝て過ごすって言ってたよ」

「あとでラインしとくか」

「そうそう、朝華はテントとロッジ、どっちがいい？」

私が聞く。

「うーん、どちらかというと、テントかなぁ」

「汗いっぱいかくだろうし、お風呂入りたくない？」

「テントの方がキャンプ感あるじゃない」

「それはそうだけど」

でも勇にぃと一緒なのに汗臭いままで接するのはなぁ。

「まあ、その辺は眞昼にも相談して決めようぜ」

「そうだね」

「分かりました」

うふふ、キャンプかぁ。

楽しみだなぁ。

＊

「ううん」

くたくたで動く元気すらない。

さすがに真夏の地獄合宿二泊三日はきつすぎるって。今朝、朝ご飯を食べてから解散し、さっき家に帰ってきたばかりだった。もう少しベッドの上でまどろんでいたいな。

もうお昼過ぎか。

今日はずっとベッドの上でごろごろしていよう。たまにはこんな日があってもいいでしょ。その時、ラインの通知音が鳴った。誰だろう。スマホを確認するのも億劫（おっくう）だな。

しぶしぶスマホに手を伸ばす。

「あっ、勇にぃ」

あたしは飛び起き、ラインを起動した。

『合宿お疲れ様。起きてるか？』

『起きてるよ』

『突然だが、キャンプに行きたくないか？』

いきなり何の話だ？

『キャンプ？』

『そう』

どうやらみんなでキャンプに行こうという話になったようだ。四人の名前入りのマグカップまで用意したらしい。せっかちなんだから。

勇にぃがその写真を送ってきた。

「ん？」

それぞれマークがあり、その下に名前がローマ字で彫られている。未夜は星。あたしは太陽。そして勇にぃと朝華はハート。

「何これ、カップルみたいじゃん」

このカップは朝華が注文したらしい。ハートの割り当てが勇にぃと朝華なのは偶然だろうけど。

……まさかね。

2

八月十五日。

カッと照り付ける太陽。ふくよかな雲が漂う青い空。裏手の雑木林からは鳥の鳴き声が漏れてくる。緑豊かな芝生が広がる平坦な土地。

「いい天気だ」

俺はぐっと伸びをし、胸いっぱいに空気を吸い込んだ。西にそびえる富士山の真上に太陽が昇っている。

「いい場所じゃん」

車から降りて、眞昼も同じように伸びをした。豊かな胸が上を向く。

「おお、横から見てもでっけぇな、富士山」

でかいのはお前のお山だろ、と突っ込むとセクハラになりそうなのでやめておこう。

「うーん、風が気持ちいい」

眞昼は白いTシャツをお腹のところまでまくり、横で結んだへそ出しスタイルだ。下は七分丈のぴっちりしたデニムでサンダルを履いている。そして左手首にはトレードマークの黒いリストバンドが。

「未夜ちゃん、着いたよ。起きて」

「ふぇ？」

未夜と朝華が遅れて降りてくる。

「広いですねぇ」

朝華は薄手のタンクトップの上からサマーカーディガンを羽織っている。黒いハーフパンツから覗く太ももは驚きの白さである。

「あふぅ、もう着いたの？」

「たいした距離でもねぇのによく眠れるな」

富士宮市街からここまで三十分もかかっていないというのに。俺が呆れて言うと、未夜は目をぐしぐし擦って、

「昨日は遅くまで勉強してたんだもん」

未夜は麦わら帽子をかぶり、水色のブラウスに白いスキニーを合わせた涼しげな装いだ。

俺たちは街の北西部に広がる朝霧高原のはずれにある、とあるオートキャンプ場を訪れていた。キャンプ場に来てやることといえば、もちろんキャンプしかないだろう。

右を見ても左を見ても、テントやキャンピングカーが点在している。絶好のキャンプシーズンのため、かなり混んでいると思っていたが人の入りはそれほどでもないようだ。利用客が少ない方が広々とスペースを使えるのでありがたい。

「よし、そんじゃ、ちゃっちゃと設営をやっちまうか」

　あまり暑くならないうちに設営を始めた。

車——キャンピングカーから荷物を下ろす。これは俺たちがキャンプに行くと知った華吉さんが好意で貸してくれた車だ。俺のシビックでは運べる荷物が少なくなってしまうと気を回してくれたようだ。トイレやシャワーなどの設備もついていてとてもありがたい。

　さらには今回のキャンプで使うテントや道具や食品類、寝袋なども華吉さんが一部用意してくれた。今度会う時にしっかりと礼を言わなくては。

「そういや勇にぃってテント張れるの？　大丈夫？」

眞昼が不安そうに尋ねる。

「おいおい眞昼くん、俺を舐めてもらっちゃ困るぜ。ボーイスカウト経験者の俺だぞ？」

「そうなの？」

　小学校時代、祖父がボーイスカウトの隊長をしていた縁でカブスカウトに参加し、そのまま中学三年までボーイスカウトとして活動した。週末は廃品回収やハイキングに勤しみ、夏になると富士山周辺のキャンプ場に赴いて二泊三日ほどのキャンプ活動を行ったものだ。ちなみにその団のカブスカウトの隊長は未夜の母方の祖父——現在は故人である——だったのだが、彼女はそのことを知っているのだろうか。

「意外かも」

「日陰になる方がいいから、あの辺にするか」

林の木が張り出して日陰になっているところにテントを張ることにした。さすがにこいつらと同じテントで寝るわけにはいかないので、未夜、眞昼、朝華の三人用と俺一人用の二つに分けた。どちらも三、四人は余裕で入れる大きさである。そのため俺の方はかなり余裕ができるから、空いているスペースは荷物置き場として使うことにしよう。

できるだけ平たいところにシートを敷き、その上にテントを広げる。そしてテントの骨格となるポールを組み立てるのだ。

「未夜、ポールは引っ張ったら外れちまうから、押すように動かすんだ」

「こ、こう?っていうか、重い……」

見かねた眞昼が手を貸す。

「ほら、持ってやるよ」

「ありがとう、眞昼」

二本のポールをテントの中に交差するように通し、立体的になるように立たせる。テントを立たせたあとはペグを打ち込み、しっかり固定をする。

「あっ、眞昼。ペグはポールの方に向けて、交差するように打つんだ。そうしないと地面に固定されないからな」

「分かった。なんかアウトドアって感じがして楽しいな」

「勇にぃ、こっちも打ち終わりました」と朝華が反対側から言った。

最後にフライシートをかぶせてこれも固定する。

「よし、完成」

まずはこいつらの分のテントの設営が終わった。

「ふぅ、意外と簡単だったね」

未夜はことしなげに言うとそのままテントの中に入り、ゴロゴロし始めた。

「広ーい。私、テントってそういえば初めてかもー」

「全く、あいつはいつまで経ってもがきんちょだな。朝華、もう一つ、俺のテントを持ってきてくれ」

「はい」

「ねぇねぇ、もう寝袋広げていい？」

顔だけ外に出し、未夜は聞く。初めてのキャンプにテンション爆上がりのようだ。

「いいけど、先に中の通気口開けとけよ。暑いし酸欠になるぞ」

「はーい」

入り口や通気口はメッシュになっているため、中に涼しい風が入るし防虫対策にもなるのだ。そうして二つのテントの設営を終えた。

「勇にぃ、すごい汗です。お水飲みますか？」

「サンキュー、朝華」

冷たい水が喉に染みる。暑い中の労働で汗をたっぷりかいたが、まだまだ休んではいられない。次はタープテントを組み立てなくては。こちらは折り畳まれたものを広げるだけのワンタッチ式なのですぐに設営できた。

「おお、なんか雰囲気出てきたな」と眞昼。

タープテントの下に折り畳み式のテーブルやアームチェアを広げ、クーラーボックスやキッチン用品などを運び出す。

「勇にぃ、これはどこに置けばいいですか？」

「それはそこのテーブルの上……」

ジャグスタンドの上に古いラジカセを置いたり、その辺にあった大きめの石を積み上げてかまどを造ってみたり、こういう限られたスペースでレイアウトを考えるのはなんだか秘密基地づくりみたいで楽しい。

「ふう」

これでようやくひと段落ついたな。テーブルの上に置かれた木製のアナログ時計は十時三十分を示している。

……まだ十時半か。

時間の流れが遅く感じられるのは、開放的な場所だからだろうか。仕事をしている時に時間が遅く感じられるのは最悪だけれど、こうしたレジャーの最中ならばウェルカムだ。

クーラーボックスを開け、スポーツドリンクを取り出した。華吉さんはかなり気を回してくれたようで、クーラーボックスの底には缶ビールやチューハイなどの酒類が豊富にあった。

おいおい、俺一人じゃこんなに飲めないぞ……

富士山に面したアームチェアに座る。

「平和だなぁ」

いつでも見える富士山だが、今日はなんだか趣きが違って見える。俺も久々のキャンプ――それもあいつらと一緒――に興奮しているのかもしれない。

吹き込む風が心地いい。この平和な時間がいつまでも続いて欲しいものだ。

「未夜はまだテントの中にいるのか」

「呼んできますね」

朝華が小走りでテントに向かう。

「勇にぃ、昼飯はどうする？」

眞昼がコーラを片手に隣のチェアに腰を下ろす。

「ん、そうだなぁ……」

食材はたっぷりある。

この青空の下、こいつらと一緒に食べる料理はなんでも美味(うま)いはずだ。

「あたし、久しぶりに勇にぃの焼いた焼きそば食べたいな」

「じゃあ、焼きそばにするか」

「へへ、よっしゃ」

眞昼は子供のように笑う。

「おおぅ、すごーい。秘密基地みたいだね」

未夜がテントから出てきた。物珍しそうにきょろきょろしたあと、クーラーボックスからお茶を取り出し、空いているチェアに座り込む。

「あれ？　朝華は？」

「車の方に行ったよ」

「車？　なんで……」

そちらに目を向けると、ちょうどキャンピングカーに朝華が入っていくところだった。

「トイレか？　あっちの奥の方に公衆便所あるのに」

「勇にぃ、デリカシーって知ってる？」

眞昼が冷たい声で言う。

「ぐっ……」

ものの数十秒で朝華は出てきた。トイレではなかったみたいだ。

「勇にぃ」

朝華はカメラと三脚を抱えている。

「せっかくですし、みんなで写真、取りましょう」

「いいね」

眞昼が立ち上がる。

なるほど、記念写真か。

今日の日のことが、いつか振り返った時に大事な思い出として残りますように。

「よし、行くぞ」

タイマーをセットし、俺は三人のもとに急いだ。四人で固まり、富士山を背景に一枚。

パシャリと軽快な音が青空に響く。

こうして俺たちのキャンプが始まった。

3

とんとんとん、と小気味よい音が鳴る。

「ふふーんふんふーん」

エプロンを身に付け、木製のまな板に向かう眞昼は、鼻歌交じりに手を動かす。

「ふーふふーん、ふふふふーん」

「ま、眞昼、お、おおお前、キャベツ切れるのか……？」

驚愕（きょうがく）の光景だ。

「ん？　今あたし馬鹿にされてる？」

手慣れた調子でキャベツをざく切りにし、まとめていく眞昼。この包丁さばきは普段料理をしていないと身につかないぞ。ちょっと手伝うくらいならできるだろうと軽く思っていたが、眞昼の調理テクは俺の想像をはるかに超越していた。

「眞昼は料理すごく上手なんだよ」

未夜が胸を張って偉そうに言った。

「……お前が威張るな。それにしても、眞昼がなぁ」

昔は大根とイチゴの煮つけなんてものを作っていたあの眞昼が。

い、いかん。ちょっと目頭が熱くなってきた。

「なんで泣いてんの？」

「いや、ちょっと玉ねぎが目に染みて」

「玉ねぎなんて使ってないんだけど」

「俺のことは気にすんな」

「はいはい、一丁あがり」

小芝居じみたやり取りをしているうちに、キャベツの山がまな板の上に現れた。

「ちょっと切りすぎたかな」

「四人分だしこんなもんだろ」

キャベツは焼きそばの命といっても過言ではない。多いに越したことはないのだ。バーベキューグリルの上に鉄板を敷き、ラードを塗りたくる。黒い鉄板の上で白いラードが雪のように溶けていくのがなんとも蠱惑的だ。

「眞昼、肉かすをくれ」

「はいよ」

俺はヘラの先端を突き立て、肉かすを割っていく。

「昔、よく一緒に焼きそば作ったよね」

眞昼が焼きそばの袋を破きながら言う。

「ああ、おめぇらを代わりばんこに抱き上げながら作ったっけ。懐かしいな」

まずは肉かすをカリカリになるまで炒める。

「勇にぃ、こっちもいい感じです」

朝華がボウルを持ってきた。中身は解凍したシーフードミックスだ。エビ、ホタテの貝柱、イカなどなど。

「サンキュー朝華」

「もう入れちゃっていいですか？」

「おう」

今度はシーフードミックスを投入する。いい香りが立ち昇って来た。じゅうじゅうと水分が蒸発する音が心地いい。

「なんかすごい美味しそうな匂いがしてきた！」

紙皿の準備をしていた未夜がこちらに寄ってくる。

焼き色がつくまでしばらく炒めたらざく切りのキャベツを投入し、さらに炒める。キャベツがしんなりしてきたら、真打ちの麺を広げて水を吸わせる。小売りで販売している個包装ではなく、業務用の大きなサイズなので数人分まとめてガンガン焼くことができる。

「あっ、勇にぃ、私も焼くのやりたい」

「待て待て、二回目の時にやらせてやるから」

「はーい」

「よーし、お前ら、最初は何味がいい？」

今日は普通のソースと塩ソースを持ってきた。

「ソース」

「ソース」

「ソースです」

やっぱり最初はソースだよな。焼き上がった第一陣を紙皿に盛りつける。ちなみに鉄板の上に残ったソースの焦げ跡はヘラでこすって落とすよりも、水をかけてキッチンペーパーに吸わせた方が楽に落とせるのでオススメだ。

「うわー、美味しそう」

「だし粉かける人ー」

「あっ、眞昼、私は鰹節がいい」

「はいはい」

「勇にぃ、おビール飲みますか？」

「おう」

朝華から缶ビールを受け取る。キンキンに冷えていて、手が一瞬痺れた。未夜と朝華はお茶、眞昼はコーラを選んでいた。

「そんじゃあ食うか。いただきまーす」

「いただきます」

「いただきます」

「いただきます」

青空の下で四人の声が重なった。

＊

「いやぁ、食った食った」

眞昼は満足そうにお腹をさする。

いつも不思議に思うのだが、あの細い腹のどこに食べ物が収まっているのだろうか。昼食の焼きそばを五人前は食べていたというのに。

「何？　勇にぃ」

「いや、なんでもない」

余計なことを言ったらまた怒られるかもしれない。

「ねぇねぇ」と未夜があるものを手に持ってやってきた。

「フリスビーしようよ」

食後の運動にちょうどいい。テントから出ると容赦なく日射しが降りかかってくる。

「暑いけど、気持ちいいですね」

「そうだな」

「勇にぃ、お酒が入ってるからあまり激しく動いちゃだめですよ」

そう言って、朝華は俺の背中をさする。細い指がこそばゆい。

「よーし、行っくよー」

十メートルほどの間隔をあけて四人で正方形を作る。十分広がったのを見て、未夜がフリスビーを飛ばす。

「えいっ」

——が、

「おい、どこ投げてんだ」

どう力を加えたらそうなるのか、未夜の放ったフリスビーは曲線を描きながら、四角の外側へ斜めに飛んで行った。

「ありゃ？」

未夜は首を傾げた。

「任せな」

眞昼が駆け出した。地面を蹴り飛ばすかのような力強いダッシュで、あっという間に追いつく。

「ほっ」

明後日の方向へ飛んで行ったフリスビーだが、眞昼はまるで初めからその位置にいたかのようにいともたやすくキャッチしてしまった。

「……マジか」

「眞昼、すごーい」

「未夜ちゃん、フリスビーは地面と平行に投げないと駄目だよ？」

「えへへ」

そうしてひとしきりフリスビーで遊んだ。暑い中の運動でこちらはもうへとへとだが、日射しの強さは一向に衰えない。

「ふう、ちょっと休憩しようぜ」

スポーツドリンクで水分補給をし、タープテントの下に戻った。

やはり夏は日陰が大事だ。

未空(みそら)たちとバスケをするのはだいたい朝方だし、久々に真っ昼間のお日さまの下で全身を動かして遊んだような気がする。子供時代を思い出すが、体力はあの頃には到底及ばないな。

「あたし、ちょっとシャワー浴びてくる」

そう言って眞昼はキャンピングカーの方へ向かった。俺もあとで浴びようかな。すっかり汗だくだ。

「ああ、暑い」

けれど、不快ではない。

「勇にぃ、扇(あお)いであげますね」

朝華が横にしゃがみ込み、うちわで扇ぎ始めた。

「悪いな」

「いえ」

「気持ちいい」

駄目だ。一度椅子に座ってしまうともう動けない。火照った体に吹き付ける風が気持ちいい。そこに追い打ちをかけるように、睡魔が顔を覗かせる。

「朝華、アイス食べていい？」

未夜の声が聞こえる。

「いいよ」

「わーい」

「ん、朝華、今何時だ？」

「一時ちょっと過ぎです」

「そっか。ちょっと、昼寝するよ」

「分かりました」

運動をして、それで疲れて眠くなるなんて、俺も年を取ったな……

次第に視界が霞んでいく。瞼が重くなり、そして……

＊

「眞昼ちゃん、タオル置いておくね」

磨りガラスのドアに朝華の影が浮かぶ。

「サンキュー、朝華」

汗を流してさっぱりした。日焼け止めと虫よけを塗り直してタープテントに戻ると、勇にぃは椅子にもたれて眠っていた。

「疲れて寝ちゃったみたい」

そう言って朝華は肘かけの上の勇にぃの手を撫でる。勇にぃの寝顔、可愛いな。

「勇にぃが一番はしゃいでたからな。あれ、未夜は？」

朝華は背後の雑木林を見やって、

「林の方へ行ったよ。多分、散歩じゃないかな」

「ふぅん」

朝華のもう片方の手にはマグカップが握られていた。朝華が特注した、四人お揃いのマグカップ。

「眞昼ちゃんもコーヒー飲む？」

「いや、あたしはいいや。まだ暑いし、なんか冷たいもの……」

クーラーボックスを開け、あたしは缶のコーラを取り出した。

時刻は午後一時半をちょっと過ぎたところ。遠くの方には子供たちがビニールプールで遊んでいるグループや、バーベキューをしている家族がいた。

それぞれの幸せがこのキャンプ場に集まっているのだ。

あたしと末夜と朝華、それに勇にぃ。

四人で過ごすこの時間。

十年追い求めたこの『今』。

これがいつまでも続いてくれたら、あたしはそれだけで幸せだ。

「ぐっ、ぷはぁ」

炭酸のしゅわしゅわときりっと冷えた甘みがたまらない。

「眞昼ちゃんは本当にコーラが好きだね」

「あたし、たぶんコーラだけあれば生きていけると思う」

「そんな大げさな」

マグカップを口に運ぶ朝華。

「……」

その時、朝華の手元の赤いハートが異様な存在感を放っているように見えたのは、あたしの気のせいだろう。

「よし、騒がしいのが二人いないうちに洗い物と片づけやっちゃおうぜ」

「そうだね」

食器と調理器具を持ち、あたしと朝華は炊事場に向かった。

＊

「むふふ」

森の静謐に野鳥の声が響き渡る。見渡す限り、右も左も緑の景色。

木漏れ日の落ちるけもの道を歩きながら、私はすんと息を吸う。どことなくいつもより空気が美味しい気がする。右手の盛り上がったところの土から太い根っこが浮き出ていた。その先を辿ると、見上げるのが辛いくらい大きな木が。

「うわぁ、おっきぃ」

眞昼十人分ぐらい、いやもっと大きいな。

キャンプ場は目と鼻の先なのに、まるで別世界にやって来たかのような心地。人の喧騒から隔絶された自然の世界……なんて。

「おっ、この辺がよさそう」

こぢんまりと開けた場所に立つクヌギの木を見つけた。樹皮をそっと撫でると、手のひらにざらざらとした感触が伝わる。目線よりも少し高いところから樹液が出ていた。

けれど、群がっているのはカナブンや蝶ばかりで、お目当てのカブトムシはいない。

今はどこかで休んでいるのだろう。

まあいい。

君子危うきに近寄らず。樹液の出る木にはスズメバチみたいな危険な虫も寄ってくることがあるから長居はできない。が、そこはデキる女の私。わざわざ危険を冒してまでカブトムシを探すなんてことはしないのだよ。

場所の目星はついた。

あとは時を待つだけ。まだちょっと早いんだよなぁ。

「ふっふっふ」

私は踵(きびす)を返し、けもの道をキャンプ場まで戻った。

＊

「あっ、戻って来た」

洗い物を終えてタープテントに戻ると、ちょうど未夜も林から出てくるところだった。リズム感皆無なスキップをしながら、こちらに向かってくる。

「おーい、何やってたんだ？」

あたしが聞くと、未夜は顎に手を当てて、

「えへへ、ちょっとね～」

「なんだよ」

「ふっふっふ。明日になったらびっくりするよ。そうだ、朝華ー、バナナあるー？」

「車の方の冷蔵庫にあるよ」

「おっけー」

未夜はキャンピングカーの方へ向かった。

「カブトムシだな」

「カブトムシだね」

おそらく捕獲用の罠を作るのだろう。未夜は本当にカブトムシが好きだな。

そりゃ、あたしも小さい頃はカッコいいってイメージがあったけど、いつの間にか触ることができなくなっていた。それにカブトムシだけじゃなく、バッタにカマキリ、蝶ですら無理だ。なんといってもあの無機質な目。生き物なのに感情が一切感じられないところが恐ろしい。

洗い物をテントの縁に吊るしたドライネットの中に入れて、自然乾燥させる。いい天気だし、夕食の時までには乾くだろう。

未夜は十数分で戻って来た。

それから三人でまったりお茶を飲みながら談笑をしたり、トランプをしたりしているうちに、勇にぃが目を覚ました。

「ぐぁ、よく寝た……今、何時だ？」

「三時前です」

朝華はすぐに立ち上がり、勇にぃの横に行く。

「おお、がっつり寝ちまったか」

「勇にぃもトランプする？」

「おお、するする。でもその前に何か飲み物が欲しい」

「ほれ」

あたしが一番クーラーボックスに近かったので、ペットボトルの麦茶を取り出して投げてやった。

「おわっ」

「ナイスキャッチ！」

「ナイスキャッチ、じゃねぇ。ったく……ぷはぁ、美味（うま）い」

四人でテーブルを囲む。

「何やる何やる？」

未夜がカードを切りながら全員を見回す。

「四人だったら、やっぱ大富豪だろ」と勇にぃ。

林の方からさわやかな風が吹いてくる。気温も少しずつではあるが下がってきていた。

「ちょっと待て、5飛びってなんだ!?　俺その謎ルール知らねぇぞ」

「はい勇にぃ、都落ち」

「おら、Jバック」

「はい8切り」

「革命だよ!」

「残念未夜ちゃん、革命返し」

「はぁ？　はあぁ!?」

そうして、あたしたちは夕方まで大富豪を楽しんだ。

＊

日が落ち、夜になる直前の水色と青の中間みたいな空の色。月がぼんやりと頼りなく見え始めている。もうまもなくすれば、星々が煌(きら)めき出し、月もくっきりとその輪郭を浮かび上がらせるだろう。

　キャンプ場のあちこちに焚(た)き火(び)の暖かい光が灯(とも)る。そしてそれは、俺たちの許(もと)にも……石を積み上げて作ったかまど。風よけのために一方向のみ開いた口から火が覗(のぞ)く。その上には鍋が置かれており、真剣な顔をした未夜(みや)がその中を凝視している。

「眞昼、もういい？」

「まだ全然だろうが」

「むぅ」

　未夜はついっとおたまを鍋に沈め、表面に浮かぶ灰汁(あく)をすくう。

「飽きたよー」

「これをやるかやらないかで味が決まるといっても過言じゃないぞ」

　眞昼は諭すような調子で言う。

「むぅ」

　今日の夕食はカレーだ。キャンプといえばカレー。カレーといえばキャンプ。灰汁とりが終わったようで眞昼がルーを折って鍋に入れ始めた。スパイシーな香りが漂ってくる。

「美味しそうだね」

「私が灰汁とりしたおかげだよ」

「未夜ちゃん、偉い」

「もっと褒めていいよ」

そろそろ飯の準備もしよう。

眞昼もいることだし、三合くらい炊いとくか。余れば明日の朝食にすればいい。無論、この場には炊飯器などない。よって、飯盒の出番だ。

もう一つ作っておいたかまどの火を起こす。

たいていの飯盒は蓋で米を計ることができる。きっちり三合分の米を飯盒に入れ、水を投入する。

次に米を研ぐ。これがちょっと難関で、飯盒が狭いため手を入れにくいし研ぎにくい。飯盒そのものをシャカシャカ振って研ぐこともできるのだが、こいつらに美味いカレーを食わせるために妥協はできないな。

「勇にぃ、私がやりましょうか？」

「いいのか？　悪いな」

朝華の小さな手はすんなり飯盒に収まる。

「終わりました。あとは火にかけるんですよね」

「いや、水を入れてちょっと寝かせておくんだ。そうすると芯が残らなくなる」

「ふーん、どれくらい？」

未夜が聞く。

「そうだな、三十分くらいかな」

「そんなに!?」

「美味いカレーは時間をかけてこそだろうが」

「なんか勇にぃのカレースイッチ入ったかもね。どうせカレーも煮込むんだし、その間に付け合わせを作ればいいじゃん」

そう言って眞昼はまな板の方に向かった。

小一時間ほど経過し、辺りもすっかり暗くなった。炎のゆらめきが暗闇に映える。

いよいよ夕食だ。四人でテーブルを囲む。カレー、エビとブロッコリーのアヒージョ、コンソメスープにサラダと、自分たちで作ったにしてはなかなか豪勢な食事だ。

「さて、いただくか」

俺はチューハイを開ける。

「いただきます」

「いただきます」

「いただきます」

「うん、美味い」

カレーにしっかりコクがあり、米もふっくらとしている。

「美味しいね」

「美味いな」

「美味しい」

大満足の夕食だった。

＊

夕食後、キャンピングカーで順番にシャワーを浴びた。汗を流してさっぱりしたあと、星空を眺めながら飲むビールは格別だ。

「あれ、未夜は？」

「林の方に行きました。多分、カブトムシ――」

その単語を聞いた途端、全身に悪寒が走った。

いやまあ夏だし、キャンプだし、後ろは林だし、要素は揃っているからやるだろうとは思っていたけれど。未夜が戻ってきたので身構えるも、彼女は手ぶらだった。

「未夜ちゃん、カブトムシ取りに行ったんじゃないの？」

「違うよ、いや違わないけど。夜は危ないから、罠だけ仕掛けて明日の朝回収するんだ」

「へぇ」

「ちゃんとケージに入れとけよ」

「わ、分かってるって」

「勇にぃ、ビビりすぎだろ」と眞昼が言う。

「は？　ビビッてねぇし」

「じゃあ、さっさとあたしの背中から離れなよ」

「みんな、食後のコーヒーだよ」

　朝華(あさか)が例の特注のマグカップにコーヒーを淹(い)れてくれた。たしか俺のは青のハートのやつだったな。

「どうですか？　本職の人に飲んでもらうのは緊張しますけど」

「いや美味いぞ、かなり美味い」

「そうですか」

　朝華は満足そうだ。

「眞昼ちゃんはミルク多めが好きだったよね」

「ありがとう、朝華」

　ランタンの明かりの下でコーヒーを飲みながら、トランプの続きをする。ゆったりとした時の流れに、いつしか時間の感覚もなくなっていた。

「あれ、もう十時だよ」

「たしかここは十時消灯だったな」

キャンプ場から明かりがぽつぽつと消えていく。そろそろ寝るか。

歯を磨いてトイレを済ませる。

「勇にぃ、一人で寂しくないですか？」

朝華が心配そうに言った。

「大丈夫だって」

「寂しかったらあたしらのテントに来てもいいぞ」

「捕まるわ！」

こいつらがクソガキの頃だったらそれでもよかったかもしれないが、今では大人同士。そういうところはきっちりしておかないと余計な誤解を生む。

「そんじゃ、お休み」

「お休み」

「お休み」

「お休みなさい」

俺たちは二つのテントに分かれた。

＊

夜も深まった頃。

「ぐっ、ぐっ」

私はもがいていた。

みんなが寝静まったあと、こっそりテントを抜け出し、勇にぃのテントに忍び込もうという算段だった。がしかし、

「うぅ、動けない」

右には眞昼ちゃん、左には未夜ちゃん。中心という位置取りが災いした。二人が左右から抱き着いているのだ。下手に動くと二人を起こしてしまうかもしれない。

「くぅ……」

二人の内どちらかが上手(うま)いこと寝がえりを打つなりして姿勢を変えてくれれば、なんとか抜け出すことができそうなのだが、もうそろそろ私の眠気も限界だった。

夜に備えて昼寝をしておけばよかった、とちょっぴり後悔する。コーヒーをブラックで三杯も飲んだが、その効果もそろそろ切れようとしている。

ちょっと目を閉じてみたら、とても気持ちがよかった。この快楽に身をゆだねてしまいたいけれど、そうしたら野望が潰(つい)える。

駄目。

ここで意識を途絶えさせたら、もう朝になってしまう……

だ、駄目。

「ふわぁ」

＊

「うーん」

私はふと目を覚ました。

視界がぼにゃぼにゃしている。まだ夜だ。目を閉じたその時、下腹部に刺激を感じた。

「……おしっこ」

眠気と尿意を天秤(てんびん)にかける。

あっ、この感じは放置したらヤバイ感じのやつだ。

でも、動きたくないなぁ。

数分熟考し、私はよろよろと立ち上がった。朝華も眞昼も寝息を立てていたので起こさないようにそっと立ち上がる。

「うぅ、おっとっと」

暗くて前がよく見えない。何か布っぽいものに足を取られて転びかけた。

危ない、危ない。

テントから出る。公衆トイレまでは距離があるのでキャンピングカーのトイレで済ませた。

眠い。

早く寝たい。

今日は朝早くに起きて準備をして、テントの設営やフリスビー、林の散策などで体を動かしまくった。その疲労は眠気に変換され、私の脳内を蹂躙（じゅうりん）している。

眠い。

「あふぅ」

大きな欠伸（あくび）をし、私はテントに入った。そのまま倒れ込むように自分の寝袋に入る。

「ふぅ」

「ぐはっ」

寝相の悪い子が私の寝袋のところまで移動してるな？　暗くてよく分からないけれど、多分、位置的に朝華かな。

「朝華ぁ……ごめん」

あれ？　なんか朝華ごつくなった？

まあいっか。

もう睡魔に耐えきれない。朝華を抱きしめながら目を閉じる。

さ、寝よ。

4

もう朝か。

目覚まし代わりにちゅんちゅんと挨拶を交わす鳥たちの声が聞こえてくる。心が安らぐ。自然の中で寝起きするのは本当に気持ちがいい。どうせ休みなんだし、もう少し眠っていよう。

その時、俺はある異変に気付いた。全身に圧迫感と重みを感じる。まるで人一人が俺の体の上に乗っているかのようだ。

なんだ、金縛りか？

会社勤めをしていた頃はストレスと疲労が祟ったのか、寝る前や寝起きにしょっちゅう金縛りに遭っていた。が、その当時のものとは少し感覚が違うな。

苦しいは苦しいのだが、甘い香りが鼻腔をくすぐっていてさほど不快感はない。それになんだかもふもふとした手触りが……

「……ん？」

不審に思い、俺は目を開けて頭を起こした。その瞬間、一気に目が覚めた。

「は!?　いや……は？」

状況が理解できない。

まず目に入って来たのは、気持ちよさそうに眠っている未夜(みや)の顔。俺の胸の辺りに顔を乗せ、すうすうと寝息を立てている。俺の右手は未夜の後頭部に置かれ、まるで抱きしめているような体勢だ。

な、なんで未夜が俺のテントに？　未夜はこちらの混乱をよそに熟睡している。

腹の辺りに柔らかくて大きいものが二つも乗っており、俺はすかさず父とたっちゃんがサウナに入っている場面を想像して昂(たか)ぶりを抑えた。

いや、落ち着け、俺。

未夜のことだ。

そう例えば、夜中にトイレに立って、そのまま寝ぼけてこっちのテントに入ってしまったということは十分考えられる。というより、それしか考えられない。

未夜ならやりかねない。

こいつは昔から天然というか、どこか抜けているところがあった。それは成長してもあまり変わっていない。いやいや、そんなことよりもこの状況はまずい。

俺たち二人が同じテントで寝起きしているところを隣の二人に見つかったら、よからぬ誤解をされる可能性がある。

　ただでさえアラサーのおっさんプラス女子高生三人という社会的に見て不健全な組み合わせなんだ。眞昼と朝華が起きる前に、未夜を隣のテントに戻らせなくては。

「おい、未夜。起きろ」

　未夜の頭を軽く叩く。

「んふぇ？」

「起きたか」

「へ？　勇にぃ？」

　未夜は顔を真っ赤にして体を起こす。

「な、ななな、なんで私たちのテントに？」

「大声出すなバカ。いいか、ここは俺のテントだ。よく見ろ」

「へ？」

　未夜は周囲を見回す。

「あれ？　ほんとだ。でもなんで……」

「小声で話せよ？　いいか？　多分、寝ぼけてテントを間違えたんだろう。お前、昨日の夜中にトイレ行ったりしたか？」

「うん」

こくりと未夜は頷(うなず)いた。

「やっぱりか。きっとその帰りに間違ってこっちのテントに入っちまったんだよ」

普通はそんなことはまず起きないと思うが、未夜ならやりかねない。

「ええ、ってことは私、勇にぃと一緒に、一晩寝てたって、こと？」

状況が呑(の)み込めてきたようだ。気恥ずかしそうに口元を隠し、未夜は目を泳がせる。もじもじと体をうねらせながら、未夜はじとっと俺を見下ろす。

「あっ、大丈夫だぞ、安心しろ、俺も今起きて気づいたから。何もしてないからな」

妹分に手を出すわけがない。

「……なぁんだ」

「あ？　なんか言ったか？」

「べっつにー」

「まあ、それはともかく、たぶんあいつらはまだ寝てるだろうから、早く戻れ」

気づかれないうちに戻ってしまえば、何も問題はないのだ。

「わ、分かった——」

そうして未夜が腰を上げたその時、隣のテントから鼓膜を突き抜くようなけたたましい音が響いた。

「う、うるせぇ。なんだこの音」

「あっ、カブトムシ取りに行くから目覚ましセットしてたんだった」

「はぁ？」

音は五秒ほどで止まった。その直後、隣からごそごそと衣擦れのような音が聞こえてくる。

「うるさいなぁ、なんだよ、まだ六時じゃんか」

眞昼の声だ。

「眞昼ちゃん、多分それ、未夜ちゃんがほら、カブトムシ」

朝華の声も聞こえてくる。

「おい未夜、あれ？　いねぇじゃん」

「もう起きて取りに行ったのかも」

「だったら、目覚まし解除してけよな……おはよう、朝華」

「おはよう、眞昼ちゃん」

今ので完全に二人が目を覚ましてしまった。

「やばいよやばいよ、二人が起きちゃったよ」

「落ち着け」

俺はテントの入り口に身を寄せ、外の様子を窺う。

「なんか目が醒めちまったな。おっ、いい天気」

しまった、眞昼が外に出てしまった。彼女はテントの入り口の前で朝日を浴びながらストレッチを始める。長く色白の手足をぐっと伸ばす。その体のしなやかさと柔らかさは思わず見惚れてしまいそうなほど……

「……！」

その時、重大なことに気づいた。脇に冷たい汗が伝う。

絶対的ピンチ……

未夜のスニーカーが、俺のテントの前にあるのだ。

それは当然そうだろう。俺のテントに入ったのだから、靴がこちらのテントの前に脱ぎ捨ててあるのは当たり前のこと。そしてもしこれが見つかってしまえば、言い逃れようのない物証となることもまた当然……

「いっちに、さんしっ」

眞昼はストレッチに集中しており、幸いにもスニーカーはまだ見つかっていない。俺はゆっくり、なるべく音を立てずに入口のジッパーを開ける。

頼むぞ。眞昼。こっちを向くなよ。

そして手だけを外に出し、未夜のスニーカーの回収を試みる。音を立てずに、そして迅速に。

「あれ？　勇にぃ？」

手をテントの中に戻したのとほぼ同時に眞昼と目が合った。後屈で体を後ろに反らした眞昼は、逆さまの笑顔を見せる。

「おはよ」

「お、おう、おはよう」

眞昼の反応を見るに、バレずに済んだようだ。

「いい朝だな」

「そ、そうだな。はは」

「勇にぃ」と今度は朝華がテントから出てきた。

「おはようございます。よく眠れましたか？」

朝華は俺のテントの前に向かってくる。まずい、中を覗かれたら未夜がいることがバレる。

「え？　ああ、おはよう。そりゃもう、ばっちりよ」

俺は一瞬だけ背後を振り向き、『隠れろ』と口パクを送った。

＊

『隠れろ』ってこの狭いテントの中でどう隠れろっていうのさ。

荷物は私の体を隠すには背が足りないし、勇にぃの後ろにくっついても絶対バレる。人口の真横に立てば死角になる？　いや、ちょっと朝華が角度を変えれば一発でバレる。

となると残るは……

「……」

しょうがないよね。

不可抗力だし。ほかに隠れる場所なんてないし。そうして、私は勇にぃの寝袋の中に潜り込む。全身を隠せる場所はここしかないのだから、しょうがない。多少膨らみがあっても、暗いテントの中だから、そこまで違和感はないはず。

勇にぃの香りが私の全身を包む。落ち着くのにドキドキする。変な感じ。それになんだか、懐かしい感じがする。

「あれ？　顔色が悪いですよ。寝不足ですか？」

「いや、そんなことはないぞ。ぐっすりばっちりだ」

「一人で寂しくなかったですか？」

「大丈夫だって」

よしよし、今のところはバレてない。

「もう朝ご飯にしますか？」

「ん、そうだな。腹減ったなぁ」

「よし、朝飯作るか」

眞昼が張り切り声で言った。

「勇にぃ、どうしてずっとそこにいるんですか？　出てきてください」

「ああ、そうだな」

ジッパーの開く音が聞こえてくる。どうやら勇にぃは外に出ていったようだ。二人の足音が遠のいていく。

「ふう」

なんとかセーフ。切り抜けた。

私は寝袋にくるまったまま、入口に顔を寄せる。あとは眞昼と朝華にバレないようにここから脱出するだけだ。

それから十五分ほどの時間が経った。

タープテントの下で朝食の準備を進める三人。一向にその場を離れる気配はない。

まずい。

なかなか出ていくタイミングがないよ。

テントの入り口の正面にタープテントが設営されている位置関係のため、私がここから出ようものなら、あっという間に見咎められてしまうだろう。

距離にしてざっと二、三メートル。

なんとかして勇にぃに二人をここから引き離してもらわなければ。カリカリと入口のメッシュをひっかき、勇にぃに合図を送る。

「勇にぃ、パスタ茹で上がりました」

「おし、じゃあ炒めるか」

「勇にぃ、そろそろ大根おろす？」

「ああ、頼む」

勇にぃ、料理に夢中になってないで気づいて！

*

慌てるな未夜。

二人を一度にこの場から動かすのは無理だ。一人ずつ着実に、そして自然に行こう。そう、クローズドサークルの中で殺人鬼が一人ずつターゲットを仕留めていくように。

朝食のツナと大根のスパゲティが出来上がったのを見計らい、俺は自然に切り出す。

「そういや未夜はまだ戻ってこないのか」

さりげなく林の方を見やる。

「あたしらが起きるより前に行ったから、もう戻ってきてもいいと思うんだけどな」

「きっとカブトムシと遊んでるんじゃないかな」

「もう飯だってのに。眞昼、ちょっと呼んできてくれないか？」

「分かった」

眞昼が小走りで林の中に入っていく。

よし、これで眞昼は片付いた。林の中にいない未夜を探すのだから、五分か十分は稼げるだろう。その間に朝華をテントから引きはがせば任務完了だ。

俺はテントの方へこっそりウィンクをする。

「勇にぃ、どうしました？」

「いや、別になんでもねぇって。そうだ、朝華、せっかくだしコーヒーも一緒に飲みたいな」

「分かりました。あっ、まだマグカップ洗ってませんでした。ちょっと洗ってきますね」

「俺も手伝うよ」

「ありがとうございます」

朝華はにっこりと笑顔を返す。そうして俺は朝華と共に炊事場へ向かった。ふふふ、これでミッションコンプリートだ。

＊

ナイス勇にぃ。これで誰もいなくなった。名残惜しいけど、今の内に出ないと。

「んしょ」

私は寝袋から這い出ると、スニーカーを持ってそそくさとテントから出た。朝日が目に沁みる。緊張から解放され、重たい息が自然と漏れた。

「ふう」

一時はどうなることかと思ったけど、何事もなく終わってよかったよ。テーブルの上にはキッチンパラソルで囲われた朝食が準備されている。

美味しそう。あとは三人を待つだけ……じゃない。

私はあくまで雑木林でカブトムシ採集をしていることになっているんだから、眞昼と林の中で落ち合わないといけないんだった。そうしないと『どこに行ってたのか』という疑惑が持ち上がってしまう。

私は林の中に駆け込み、カブトムシトラップを仕掛けた木へ急いだ。

カブトムシ以外にも、カナブンや蝶などが捕まっている。それらをぱっぱと取り除き、カブトムシだけをケージに入れる。その時、

「あっ、おーい、未夜」

眞昼の声が聞こえた。

「やっと見つけた」

「あれー？　眞昼、どうしたのー？」

「どうしたのじゃねぇよ。もうみんな起きてるぞ」

「えー、そうなんだー」

「林の中を探し回ったよ」

「ご、ごめん」

「ほら、朝飯もう出来てるから」

「う、うん。お腹空いたなー」

みんなのところに戻り、朝食を摂る。眞昼と朝華の様子を見るに、私が勇にぃのテントの中にいたことはバレていないようだ。

それにしても今朝のことはびっくりした。自分でも知らないうちに勇にぃと一晩同じ場所で過ごしていたなんて。

私は勇にぃのことを好きだけど、勇にぃの方はどうなんだろうか。やっぱりまだ妹みたいな感じで思ってるのかな。私が赤ん坊の頃から世話を焼いてもらって、勇にぃが東京にいた十年間以外は、ずっと一緒にいる。

漠然とではあるが、勇にぃと私はやがて恋人同士になるんだろうな、と確信している自分がいることを私は否定しない。

根拠もないし、勇にぃの気持ちを確認したわけではないけれど、何かが心の奥で訴えている。私たちは、これからずっと一緒だって。

その何かがいったいなんなのかは、まだよく分からないけれど、なんだかとっても懐かしいような……？

ちらっと、勇にぃの方を見るとちょうど勇にぃも私の方に目配せして私たちの視線がぶつかり合う。勇にぃは少しだけ顔を赤くしてさっと前に視線を戻した。

勇にぃも意識してるみたいでちょっと気分がいい。

それから私たちはお昼過ぎまでキャンプを楽しみ、夕方頃に帰宅した。

四人で過ごしたこのキャンプは、私たちの大事な思い出としていつまでも心の中に残っていくだろう。

＊

その夜、自室にて。

私は勇にぃの寝袋に残っていた長い毛を摘み上げる。

「なるほど、そういうことね」

電灯の光を受け、茶色く輝く毛。

「未夜ちゃんもなかなかやるなぁ」

epilogue ……… エピローグ ………

茶色い毛を摘み上げながら、私は考える。

勇にぃの寝袋から未夜ちゃんの毛が見つかったということは、未夜ちゃんがこの寝袋を使ったからだ。

いつ？

私の記憶している範囲内で未夜ちゃんが勇にぃの寝袋に入った場面はなかった。夜は私たちと同じテントで眠ったし、昼間も未夜ちゃんが勇にぃのテントに入ったところは見ていない。となれば、あのタイミングしかないだろう。

今日の朝、未夜ちゃんは本当はどこにいたのか。

本当にカブトムシを捕まえに林に向かったの？

その答えがこの毛だ。

客観的に状況を分析してみると、未夜ちゃんが勇にぃのテントで一夜を過ごしたことに疑いはない。が、そこに男女の意味が含まれていたかと考えると違和感がある。

第一に昨晩、私が寝入るよりも早く未夜ちゃんは眠っていた。三人の中で最後まで起きていたのはほかならぬ私自身である。そこはたしかだ。だからこそ私は勇にぃのテントに忍び込むことができなかったのだ。

両隣の二人に抱き着かれ、身動きが取れなかった。この時、未夜ちゃんは眠っていた。つまり、未夜ちゃんが勇にぃのテントに入ったのは私が眠りについて以降ということになる。

また未夜ちゃんは目覚ましをセットするなど、翌朝のカブトムシ採集のために準備をしていた。

何より、仮に二人が深夜の密会を計画していたとしたら、同じテントで就寝するはずがない。私と眞昼ちゃんに知られてはいけないからこその密会なのだから。

もし先に私たちが起床してその現場を見咎められてしまえば、密会という手段の目的から外れてしまうではないか。

それらのことを踏まえると、未夜ちゃんと勇にぃが夜の逢瀬（おうせ）を目的として同じテントで一晩過ごしたとは考えられない。何かしらのアクシデント、もしくは偶然の結果だろう。

結果から逆算すれば少なくとも未夜ちゃんは深夜に一度こちら側のテントから出ている。それが、喉が渇いたのか夜の散歩に行ったのか、それともトイレに向かったのかは分からないしその内容はあまり重要ではない。

とにかく、未夜ちゃんは一度テントから出た。そして戻ってくる際に寝ぼけていて、テントを間違えてしまった。これが一番無理のないシチュエーションだ。

人によっては「そんなことあるか？」と突っ込みたくなるだろうが、私は子供の頃から十数年も未夜ちゃんを見てきた。彼女の度を越した天然はよく知っている。もはや天然を通り越してドジっ子、いや、ぽんこつといってもいいぐらいのレベルだ。

「未夜ちゃんならやりかねないよね」

そして勇にぃも気づかぬまま未夜ちゃんは勇にぃのテントで就寝し、朝を迎えた。

なんて羨ましい……

私は勇にぃの寝袋にくるまる。勇にぃのガツンとくる匂いに混じって、未夜ちゃんの甘い香りがちょっぴりした。

まあ、問題はそこからだ。

おそらく未夜ちゃんたちと私たちが起床した時間はかなり近いはず。

もし未夜ちゃんたちが先に起きていて、時間の余裕があったのならば、勇にぃはすぐさま未夜ちゃんをこちら側のテントに帰したはずだ。それをしなかったのは、時間的に余裕がなかった――私たちがすでに起きていた――からだろう。

つまり、私がテントを覗いた時、未夜ちゃんはまだテントの中にいたのだ。隠れることのできる場所は寝袋しかないのだから、あの時未夜ちゃんはこの中に……

思い返せば、あの時の勇にぃは少しテンパっていたような気がする。

そして勇にぃはこちら側にそのことを知られぬよう、隠蔽という手段を選んだ。結果的にそれは成功し、未夜ちゃんは私たちに気づかれぬまま勇にぃのテントからの脱出に成功したわけだ。

重要なのはそこである。

実はこれこれこうで、と未夜ちゃんが自分のテントにいたことの申し開きをすることもできたはずなのに、勇にぃはあくまで隠し通そうとした。赤の他人ならともかく、私たちの仲なんだから笑い話として処理することもできたのに……

そこが今回の収穫である。

勇にぃは事なかれ主義というほどではないが、できる限りトラブルを避けたり、世間体を気にするような傾向がある。それはきっと過去の様々な誤解による事案が尾を引いているのだろうと想像する。

万が一にも未夜ちゃんとの仲を疑われたら……という可能性を感じ取り、私たちに知られないように未夜ちゃんをテントから抜け出させる選択をしたのだろう。

そしてそれは勇にぃの理性の表れでもある。

今まで私がやりたいように、時には過激に攻めても勇にぃは狼狽はすれども、欲に流れて私に手を出すことはなかった。それは女性に対する免疫のなさが原因かもしれないと思っていたが、どうやら私は根本的なところをはき違えていたらしい。

勇にぃにとって私たち三人は小さいころから知っている妹のような存在であり、そんな妹分相手に自分は絶対に手を出してはいけない、という自制と責任感の表れなのだ。

それが今回の対応ではっきりと浮き彫りになったように思える。

十年前なら問題だが、今ではもう成熟した男と女。社会的には何も問題はないのに、なんて潔癖なのだろう。

未夜ちゃんは女の私から見ても愛らしい美少女だ。そんな女の子と同衾(どうきん)しても己を律し、欲望を抑え込むなんて……

「ふふっ……真面目な人」

その責任感の強さは、挑む際は高く感じるが一度でも乗り越えてしまえば堅牢(けんろう)な盾となって私を守ってくれるだろう。中途半端なアタックはむしろ勇にぃのガードを固めるだけ。

すなわち――

「――さえ作ってしまえば」

勇にぃのことだ。責任はしっかり果たそうとするはず。

「うふふふふ」

その時、ガチャリと扉が開き、父が顔を覗かせた。

「お父さん、ノックぐらいしてください」

「ああ、すまん……朝華、どうして寝袋に入っているんだ？」

「いいじゃないですか。何か問題がありますか？」

「いや、いいんだけどさ。それより、キャンプは楽しかったかい？」

「はい、とても」

「そうか、それはよかった」

「食品はほとんど使い切れましたけど、お酒がちょっと、というかかなり余っちゃいました。あの量は勇にぃ一人では飲み切れなかったみたいです」

「やっぱり多かったかな」

父は妙なところでお節介焼きだ。

「そうだ、お父さん。またお願いがあるんです」

「なんだい？」

「えっとですね——」


その夜、私は勇にぃの匂いに包まれて眠った。

あとがき

『10年ぶりに再会したクソガキは清純美少女JKに成長していた』第三巻、いかがでしたでしょうか？

第三巻から『楽しかった夏休み』が始まり、ようやくちゃんとしたラブコメがスタートです。クソガキ三人が勇の下に集結し、ヒロインレースが本格的に始まろうとしているところですが、序盤から独走する朝華、昔のままの関係性を維持したい眞昼、レースが始まったことにすら気付いていない天然未夜、とそれぞれの立場が分かれた三巻。

朝華は感情のままに突っ走りますが、勇は過去のクソガキパートで幾度も通報、誤解された苦い思い出から世間体を気にするようになり、無意識のうちに警戒心を強めてガードを固めてしまいます。

過去の通報オチが現代で効いてくるとは朝華、無念。中途半端なアタックは勇のガードを固めるだけだとキャンプで気づいた朝華が次に取る行動とはいったい……？

眞昼はようやく戻ってきた勇といる日常を守りたいがために、自分の気持ちを押し殺してしまいます。『もう離れたくない』の中から初見で『大好き』を見つけられた人は凄い！

眞昼の気持ちが表に出るのはいつになることやら。

未夜は漠然とではあるけれど、勇と自分が恋人同士になるんだろうな、と思っている様子。それには過去の出来事に何かしらのヒントがあるようですが、彼女はそれを忘れているようです。いったい何があったのか。

また今巻より新世代クソガキ、未空、龍姫、芽衣が本格的に登場。未空は第一巻から登場していましたが、龍姫と芽衣も実は第一巻でちょろっとだけ（本当にちょろっと）登場しています。探してみてね。

下村さんも十年経ってクラスのマドンナから、一児の母親に。十年という時間がもたらす変化は子供の成長だけではないのですなぁ、と。

新キャラといえば、鉄壁聖女の最後の一人、外神夕陽もこの巻から登場しましたね。まさかの勇の親戚とは。今のところクソガキパートでのみの登場ですが、現代パートで登場する日はやってくるのか。朝、昼、夜のヒロインレースに夕はどのように関わってくるのでしょうか。

また今巻から始めた試みとしてクソガキパートと現代パートの対比のイラストがあります。プールの口絵や朝華が犬耳と首輪をつける挿絵は、第一巻の口絵挿絵のオマージュとなっています。これは以前からやってみたかったことで、二つの時代を交互に描けるこの作品ならではの演出ではないでしょうか。

さて、イベント盛りだくさんでお届けする『楽しかった夏休み』も前半が終了です。朝華が大暴れしている中、後半で勇とクソガキたちの関係がどのように変化していくのか、お楽しみに！

最後に、イラストを担当してくださったひげ猫(ねこ)さん、担当編集Nさん、そして読んでくださった皆様、ありがとうございました！

二〇二三年六月某日　館西夕木(かんざいゆき)

10年ぶりに再会したクソガキは清純美少女JKに成長していた 3

発　行　2023年8月25日　初版第一刷発行

著　者　館西夕木
発行者　永田勝治
発行所　株式会社オーバーラップ
〒141-0031　東京都品川区西五反田8-1-5
校正・DTP　株式会社鷗来堂
印刷・製本　大日本印刷株式会社

Printed in Japan　ISBN 978-4-8240-0580-9 C0193

作品のご感想、ファンレターをお待ちしています

あて先：〒141-0031　東京都品川区西五反田8-1-5 五反田光和ビル4階　ライトノベル編集部
「館西夕木」先生係／「ひげ猫」先生係

PC、スマホからWEBアンケートに答えてゲット!

★この書籍で使用しているイラストの『無料壁紙』
★さらに図書カード（1000円分）を毎月10名に抽選でプレゼント!

▶https://over-lap.co.jp/824005809
二次元バーコードまたはURLより本書へのアンケートにご協力ください。
オーバーラップ文庫公式HPのトップページからもアクセスいただけます。
※スマートフォンとPCからのアクセスにのみ対応しております。
※サイトへのアクセスや登録時に発生する通信費等はご負担ください。
※中学生以下の方は保護者の方の了承を得てから回答してください。

オーバーラップ文庫公式HP▶https://over-lap.co.jp/lnv/